謝謝妳
還活著
作者｜寧悅淩

海天樂園平面圖
城堡區
雨林區
中央廣場
極度冒險區
戲水區
損木柵欄
員工通道
入口/售票區
未來區

JGB 新聞網

人氣樂園淪為死寂廢墟，陰森駭人

記者陳咨妤／臺北報導

　　海天樂園曾是北部最具人氣的樂園之一，水上、陸上設施一應俱全，在非假日也熱鬧非凡，更是各大學校校外教學、畢業旅行的最佳首選。然而，園內在十年前的音樂季活動，因舞臺意外爆炸發生大火，再加上主辦單位及園內缺乏完善的應急措施與設備，導致現場群眾死傷無數。意外發生後，音樂季主辦單位與園方互推責任，最後落得兩敗俱傷的局面，主辦商被吊銷營業執照，並且要負責受害者的所有賠償；海天樂園也因為無法通過安全檢查，被迫停止營業。

　　從停止營業的那天起，除了人潮與嘻鬧聲，海天樂園內一切都被封印在原地。隨著時間過去，缺乏管理與維護的樂園設施逐漸破舊、毀壞，失去往日榮景，成為氣氛陰森的「廢墟」。但是，這樣的景象卻吸引探險愛好者前來留下足跡。

　　前不久，在聚集全國各大廢墟探險資訊的網路論壇，公開了一組海天樂園的現況照片。從圖組中清晰可見，原本最受孩童喜愛的戲水區，清澈透藍的水面已不復見，滿布藻類與蜉蝣生物，成為一灘駭人的死水；雲霄飛車車廂的塗裝嚴重剝蝕，被前來探險的人畫上凌亂的塗鴉，且車廂內堆滿雜物和垃圾；過往最具賣點的城堡建築，囊括餐廳、賣場、休息區，現已蒙上一層去不掉的灰，建材碎片四處剝落，入口處的人魚雕像也隨著歲月老去，便成陰森恐怖的巫婆樣貌。

樂園現況照出現後，引來網友們的熱烈討論，有些人懷念著學生時期與同儕一同在樂園內留下的快樂時光；有些人則提起火災意外發生時滿目瘡痍的景象……但回響最熱烈的，莫過於在樂園棄置之後，探險者們曾親身遭逢過的「鬼故事」。有人曾親眼目睹破碎的美人魚雕像發出不規律的晃動；有人曾在封閉的廁所內聽見刺耳的哭聲；有人獨自前往戲水區，卻被莫名其妙的力道從身後推了一下，導致跌入水中，險些溺斃。

無論如何，就算海天樂園已經變了模樣，似乎都不曾消失於眾人的目光之中……

目錄

第一回　林湘茹——這世界可以多膚淺？

世界到底是有深度的，還是膚淺的？

自以為是的老學究會說：世界的深度，取決與你個人的厚度。

只要將問題反推給發問的人，就能把責任撇得一乾二淨，

是「人類」的一貫作風。

事實上，人們所不敢面對的真相一直是：

世界的深度，來自於它的膚淺。

鐘聲響起。

講臺下原本就蠢蠢欲動的鼓譟聲在這一刻徹底破防，人流就像剛從卵鞘裡孵化而出的蟑螂，朝四面八方奔湧而出。死氣沉沉的校園因為橫衝直撞的人潮而復活，空氣中除了震耳欲聾的喧鬧聲之外，還隨著每一個人的奔跑、揮舞、碰撞，散發出五味雜陳的氣味……汗水味、香水味、體味。當它們以狂妄的節奏不請自來地干擾我的嗅覺時，還帶來更多意想不到的衝擊，比如沒吃完的早餐味、三天沒洗的襯衫味、劣質防晒乳的化學怪味……極小的教室裡，擠了五十幾個人，如果每個人身上都有五種不同的味道，也就等於這空間裡環繞著兩百五十種味道。

好噁心。

如果可以，我很想用一罐殺蟲劑，把這些蟑螂全都殺死。

但我更怕的，是弄髒我的手。

於是我繼續坐在最後一排的座位上，把那篇名為〈人氣樂園淪為死寂廢墟，陰森駭人〉的網路新聞讀完。筆電上除了這個頁面，其他的頁籤還包括「全臺十大廢棄住宅」、「網友票選最恐怖的廢棄樂園」、「全球特色恐怖建築」……等，都是我前不久才看過的文章。

從國中開始，散落於世界各地的廢棄樂園、帶有詭譎氛圍的特色建築就十分吸引我，頹廢、陰暗，以及被人遺忘的蒼涼感，總會讓我忍不住地探究更多。

我向來喜於往人煙罕至的地方走。

對大部分的人來說，那種會招惹「怪力亂神」的地方，最好不要隨意靠近，以免陷入不必要的麻煩。這說法對我是無效的——世界上最麻煩、可怕的，一直都不是「可能存在」的超自然靈體，而是「確實存在」的、活生生的人類。

鬼不會隨便招惹人，但是人會，並且毫無自知之明。

此時，手機畫面亮了起來，傳來了幸茵發來的訊息通知。

幸茵　：我下課了，哪裡見？

這大概是世界上唯一一個，不曾讓我感到厭煩的人類。

Ru Lin　：我車停在後門那邊。

幸茵　：好，妳去開車，我先去買吃的？

Ru Lin　：美食街外面等妳？

幸茵　：沒問題，待會見☺

放下手機後，惱人的人潮已逐漸散去，我終於可以輕鬆地闔上電腦，開始收拾物品。

當我背起包包，準備離開時，幾個同學叫住了我。

「嘿，林湘茹！」

回過頭去，說話的是穿著很日系的男孩，短袖T恤加上針織背心，下身是寬褲和球鞋。當我與他視線相對的那一瞬間，他立刻出現了難為情的神情。這堂課是校必修，混雜了不同系的學生，以至於我不記得他是誰。

事實上，我連同系的同學都沒記得幾個。

因為沒有必要。

男孩身邊還跟著幾個人，有男有女，他們看我的目光帶著好事的曖昧感，明顯不懷好意。對於他們的意圖，我大概有了九成八的把握。

於是我連客套式的微笑都懶得給。

「怎樣？」我說。

男孩看了我一眼，猶豫了幾秒。他旁邊長滿青春痘的女孩用手肘撞了他一下，用著興奮且看戲般的口吻催促著：「問啊，幹麼不問？」

她的語氣讓我失去耐心，我沒等男孩開口，就往教室門口走去。

「等等！」男孩焦急地叫住我。

我回頭，白了他們一眼：「到底要幹麼？」

男孩像是鼓起很大的勇氣，深吸了一口氣以後才開口：「要不要……跟我們一起去吃飯？側門那邊有一間很好吃的義大利麵店，我請客！」

「對啊，人多比較熱鬧，一起去嘛！」另一個短髮女孩跟著附和。

我搖頭：「我有事。」

此時，青春痘女孩和短髮女孩互看了一眼，露出了並不意外的表情，對著男孩投向戲謔的目光後，低聲竊笑起來。

「啊……這樣啊！」男孩尷尬地抓了抓頭，又說：「那……妳可以留妳的 LINE 給我嗎？這樣以後就可以先問……」

正因為我一開始就看穿了他的意圖，一切就更讓人厭惡且難以忍耐。

看到沒？無聊的人總是會不請自來。

從入學到現在，類似的劇碼已經發生第幾次了？

於是，他話還沒問完，我就出聲打斷了他：「不用了，我以後也沒有空。」

說完，我便頭也不回地往前走。

我連一句話都不想跟他們多說，更遑論是吃飯。

吃飯是享受，我可不想把這美好時光浪費在經營無用的人際關係上。

走了幾步，我聽到女孩們的笑聲自我身後爆開。

「哈哈哈哈哈，我就說了，她那麼正，看不上你的啦！」

「你完了，被打槍了！除非有更好的方法，不然我看她不會再理你了！」

「欸，妳不覺得她挺帥的嗎？一頭長髮，卻穿著軍綠長外套、軍靴，打扮這麼中性，說不定她喜歡的是女生？」

「不管怎樣，這種有個性又長得漂亮的，本來就不好追啦！」

我想，我身後的這些言論，可以明確證實書上說的「人不可貌相」全都是可笑的鬼話。

雖然，從小到大受過的各種教育都曾不停地耳提面命過，內在的涵養絕對大過於那一副包裹在外的皮囊，卻從來沒有一個老師敢直接對你說，在衡量你的涵養夠不夠深度以前，你的臉依舊是基本的入門門檻。意即，做人不能只看外表，但是要先看外表。

所以男孩在完全沒有弄清楚我到底是什麼人以前，只單憑我的一張臉，就設法接近我……而他完全不知道，大約在五分鐘以前，我曾經動過拿殺蟲劑殺死全班的念頭。

但如果，我今天是七十公斤的體重、穿什麼樣式的衣服都難看的身型、因為肉多而顯得平板的臉部線條……他還會熱情地邀請我一起吃飯嗎？

或許，我聽到的就不會是剛才的那陣談論，而是一起譏笑我的大臉、垂墜的屁股，或是臭得跟大便一樣的神情……

要是我不是現在這副模樣，就不會是「有個性又漂亮的人」，而是個「踐屁踐的死胖子」吧？

所有冠冕堂皇的道德觀，都敵不過人性的現實與膚淺。

人類，還真他媽的噁心。

※　※　※

我把車停在學校後門附近的街口，因為那一區幾乎都是餐廳，專做學生的生意，因此被稱為美食街。坐在車內，我看著穿梭於其中的大量人潮，推算著幸茵應該還需要一些時間排隊，才能買好食物。

趁著等待的時間，我拿出筆電，繼續閱讀方才在教室裡沒看完的網路文章。

明天開始是為期一週的春假，我和幸茵已經規劃好，要趁這段假期來一場「大冒險」。

我們最共同也最大的興趣都是世界各地的廢墟，光看資料照片不過癮，就動了實地探險的念頭。所以，我們曾經利用週末放假時到一些距離較近的廢墟探險，像前一陣子才去過一個位於海邊的廢棄社區。在三十多年前，那一帶多半是有錢人買下做為度假使用。由於建築外型像一座座的太空梭，在當時極為前衛，也十分受歡迎。後來因為各種原因而荒廢，僅留下幾戶居民，建築也拆去了大半，只留下幾座外觀還算完整的，待在原處任歲月侵蝕。

這一次假期有好幾天，我想辦法跟我爸媽借了車，想去挑戰更大「等級」的廢墟。

這時，傳來敲車窗的聲音。我抬起頭，幸茵已經從窗外那攤讓人看著不耐的人群中走了過來。她站在門邊，提著一袋食物，對我揮了揮手，開懷地笑著。

幸茵上車以後，我回以她一個微笑，這是我今天第一次露出真心的笑容。

「妳這麼快？」

「我們常去的那間早午餐店還沒什麼人排隊，我買了妳喜歡的火腿蛋三明治、沙拉還有牛奶。」她一面說，一面將食物放在置物架上。

「謝——謝！」

放好東西後，幸茵滿懷期待地開口：「妳爸媽真的把車讓妳開了？」

「我說妳失戀，想要利用春假出去走走，他們就答應了。」我解釋著：「到時候他們問妳，妳別說漏嘴喔！」

「希望他們會相信我這個樣子也會失戀。」她苦笑。

「拜託，任何人都有可能失戀好嗎？」

「好啦！我開玩笑的。」

我和幸茵是高中同學，當時是她先開口和我說話。

我已經忘記自己從什麼時候開始不再信任同儕，只享受在一個人的世界裡，可以不用管別人的眼光，也只需要和自己對話。我一點都不想待在人潮密集的教室內，那些青春的氣味、喧鬧聲，以及談論哪個偶像很紅、哪班男生很帥、嘲笑哪個同學醜胖，這些幼稚到極點的話題，總讓我感到煩躁。

後來，對孤獨的渴望，成為我堅不可摧的價值觀，所以每到下課，我總會獨自帶著書本離開教室，到沒有人的角落裡閱讀。

成為邊緣人並沒有不好，被視為空氣一般的存在，沒人在意也沒人關心，也就不必跟那些幼稚的人類一起浪費我有限的青春。

曾經，我認為幸茵是個相當「成功」的邊緣人。

幸茵的一切，都平凡到極度容易被忽視：沒有特色的及肩中長髮，並不突出卻也不讓人覺得難看的五官，平板無曲線的中等身材，就像電影中會在主角經過的地方，擔任無關緊要的路人的臨時演員。

她的課業也十分平庸，並不突出到使人驚豔或被視為敵人，也沒有糟糕到會成為被嘲笑的目標。她在班上的存在感極低，老師若沒有點名她回答，她幾乎不會說話。人人都知道班上有王幸茵這個人，卻都不太記得起她到底是個怎樣的人。

上述這些對於幸茵的描述並非嘲笑或汙辱，因為我一直都很羨慕她，畢竟她做到了我在人群中最想做到的事。

某次，我又準備帶著書逃離教室時，幸茵和我搭了話。

「那個……」幸茵輕輕朝我揮了揮手。見我轉身，她面色帶著點不安，遲疑了一會，才對我說：「我也很喜歡九龍城寨。」

那是那天我拿在手上的書，關於香港九龍城寨的歷史照片集。

我原本已經預設了立場，認為她跟班上同學一樣，開口說出的都只是沒意義的垃圾話，所以打算無論她說什麼，都只回一句話來結束話題，然後回到我該有的孤獨，去我該去的地方。

幸茵的話卻讓我略感詫異，因為沒有人對我說過這些。

「嗯？妳也知道九龍城寨？」

「嗯，我一直很想去看看到底長得怎樣。不過很可惜，我們出生以前就已經拆掉了。」

九龍城寨位於香港九龍，由於歷史地位特殊，成為一個頗為複雜的貧民住宅區，也曾經是世界上人口密度最高的地區。

區內狹小的地域無法與大量湧入的人口取得平衡，各種未經規劃的非法擴建開始向城區內部及高空無限延伸，成為一棟棟缺乏一致性、緊密而高聳的危樓，讓城區內的街道更為狹窄。除卻每棟樓的頂樓天臺之外，光線幾乎無法穿透至地面，終年不見天日。而且，區內龍蛇混雜，充斥著各種賭檔、毒窟、色情場所、無牌診所，幾乎成為了罪惡的溫床，給人的觀感也一向不佳。

最後，政府在九〇年代完成該區的拆遷，並把原址改建成公園。

對區外的人來說，那是個不該靠近的危險地帶，但對於當時居於其中的居民來說，或許和一般人或許沒什麼不同，就只是個安身立命的家。

我一直覺得那些建築物「很有故事」，很想親眼見見，可惜再也無法如願。

因此，對於幸茵的說法，我突然感覺難得被人了解，回應也不自覺地熱切起來：「對，我也很想看！」

「我家還有一些以九龍城寨為背景的小說和漫畫，如果妳有興趣，我可以帶來借妳。」

「好啊。」我露出難得的笑容：「妳對其他的廢墟、鬼屋有興趣嗎？我也有一些資料，可以給妳看！」

「好，我想看！」說完，王幸茵略顯無奈地回應：「但是，很多人都覺得這些東西恐怖，不敢看……」

「對，所以我才會一個人跑出來看。」

「可是……我覺得，比鬼更可怕的，其實是人不是嗎？」

就因為幸茵的那一句話，我忍不住和她握了手，也有種終於找到知音的安慰感，即便除卻唯一雷同的喜好，我對她一無所知。

從那時起，我們就陪伴彼此到現在，也很幸運地考上同一所大學。雖然在不同科系，仍會把握非課堂的時間見面。

有了幸茵這個朋友以後，我仍然是個孤僻的人，從沒有認識其他朋友的渴望。反正大學裡的那些人，不是因為我的臉而另有所圖，就是跟過去一樣，無法找到能讓我信任，或是多說一句話的動機。

所以，我只要有王幸茵就夠了。

「我們出發吧！」

幸茵的呼喊把我的思緒拉了回來。

我笑了笑，握緊了方向盤：「去冒險吧！」

第二回　陳妙珊——謝謝誇獎，我就是個婊子

女人們有沒有想過？
當妳指著另一個女人的鼻子，大罵對方是婊子的同時，
藏在妳心裡更深的情緒，是難以言說的嫉妒。

那個婊子，敢用妳最不齒的手段，
簡簡單單就得到妳用「正道」努力了大半天，
卻還連邊都摸不上的東西？

晚自習，再平凡不過的晚上。

我趴伏在桌上，雖然很明顯就是在打混，但我仍布置了一個看起來正在用功的「現場」——攤開的數學習作，手中緊握的自動筆。不過，一個小時已經過去，數學習作上的各項題目，依舊一片空白。會不會寫根本不重要，而是我根本沒有打算寫它。

要完成數學習作，有更輕鬆的方法，不必與題目上扭曲又醜陋的抽象符號苦戰：只要在繳交期限之前，借到一本完成的習作，將對方的內容複製過來便可。也不需要擔心對方的答案是否會錯得離譜，畢竟數學習作上的內容從來就是一個接著一個地抄，最初流傳的版本一定來自於參考書上附上的正確答案。

我本來想做點別的事情來打發時間，桌上卻多了一張不知道從哪傳來的紙條。拿起紙條後，我朝四周看了看，隔兩排的杜俊謙對我揮手示意，伴隨著一個誇張的笑容。

紙條若是他傳來的，必定不是什麼有營養的內容，不過我確實無聊到發慌，看看也無妨。

紙條的前半段果然都沒什麼重點，主要是杜俊謙以他那極度歪斜又醜陋的字跡，和他的好兄弟王威廷正在討論今天晚上要不要一起出去玩，因為明天放假。

我覺得學校的畢業旅行超鳥，都去一些已經去過的爛地方。我查過資料了，最好玩的樂園是已經廢棄的，比什麼六福村、劍湖山刺激多了。剛好我們學校附近就有一個：海天樂園。我順便問一下陳妙珊要不要去。

（陳妙珊，妳看完有興趣的話就回一下，兩個帥哥等妳喔！）

看完最後一句，我忍不住翻了個白眼。

王威廷也就算了，「帥」這個字是和杜俊謙完全沒有關係的，不過這不是重點。他的提議，我思考了幾秒鐘，畢竟假期有時候真的比上學日無聊，唯一的好處只有不用早起，但若沒有其他安排的話，就得在家面對我媽好幾天，那可是比趴在這裡發呆更難以忍受的事。

但是，海天樂園是好玩的地方嗎？

我記得那裡在多年前因為舉辦活動發生火災意外，最後被迫停業，整個樂園也被棄置荒廢，如今已成為無人聞問的廢墟。但也不是真的無人聞問，它反倒吸引了另一群小眾的遊客，比如像杜俊謙這樣起了中二冒險心的人。

我還在猶豫該不該去，抽屜裡的手機螢幕就亮了起來。

學校規定每天到校後，要交出手機給班導師統一管理，放學時才能取回，這也是為什麼杜俊謙只能傳紙條來打發無聊的晚自習時光。至於我的手機為什麼可以放在身上呢？其一，我認為手機裡有更多重要過課本的東西；其二，就算被發現了，也不會出什麼大事，那是班導師給我的「地下特權」。

我點開手機畫面，出現訊息接收提示，來自於某一個未存入電話簿內的號碼，訊息內容只有寥寥幾個字：

19:30

無數相同的訊息，也在無數相同的夜晚出現過，我早熟悉到不需再透過大腦思考和反應。

我看了時間，現在是七點二十分，他似乎預想好了，如果我現在離開教室，差不多七點三十就能與他碰面。

今天坐在臺上管理晚自習秩序的，是個態度很鬆散的家長，無論以什麼理由離開，對方都不會多過問。我沒有什麼困難，只在於我想不想起身。與其思考放學以後要幹麼，不如先想想現在能幹麼好了。於是，我草草地在紙條上回：

晚點再說，我有事要先處理。

我將紙條折好，請隔壁同學幫我傳給杜俊謙後，就隨手從抽屜裡抽出一本作業，緩緩地走向教室前。

「蕭媽媽，我去交個作業，順便問老師一些問題。」

我猜想這女人大概跟我媽差不多，眼裡除了家人就沒有別的了，所以寧可坐在講臺上浪費時間，輪值晚自習看顧，再說這一切都是為了孩子。當你口口聲聲都說是為了別人的時候，就可以迴避對自己的責任。

蕭媽媽抬頭看了我一眼，果然沒有多問，就揮了揮手：「去吧。」

「謝謝。」

我快步走出教室，在轉角上了樓梯，走向一條燈光漸暗的走道。

高中生涯不知不覺已經到第三年，大概也是人生中會受到多餘管束的最後一年吧？此後就不會有那麼多考試，也不再有人規定你該穿什麼衣服上課，就算頭髮換了顏色，也不會被多嘴一句……看起來，只要咬牙撐過最後階段，就會換來充滿光明的自由吧？

所以，也總有人說高三是最關鍵的一年，如果沒有意外的話，對大多數人而言，人生中就只剩下最後一場升學考。至於考試的成果，大大地影響了未來的自由度及成就起點。

站在講臺上的那些人，幾乎每一堂課都會苦口婆心地勸說：要好好用功啊，考上好的大學，成年以後就有比其他人更多機會了。

不過，他們也應該知道，這些只是說說而已。

如果有本事考上好的大學，當初又怎麼會淪落到私立高中來？

況且，進了好的學校，就比較好嗎？或許也只是另一個循環的開始，總會像過去三年的高中生涯一樣，在熟悉了新環境以後，又再次成為機械，麻木地生活著。

既是如此，考上什麼學校，又有什麼差別？

對我來說，人最後會走到哪裡都無所謂，唯一的信念只有輕鬆舒服地活著，用什麼方法都可以。

太無聊的時候該怎麼辦？

這倒不用去多想，這世界上從來不缺解決這類問題的辦法。

比如我即將要去的地方。

來到走廊的盡頭以後，我再次轉身登上另一個樓梯，直到最後一階。

這棟大樓的五樓，因為離一般教室有一段距離，白天的時候就已經不太會有人走過來。到了晚上，更是沒有一絲光線，增添了陰森的氛圍。

器材室。

掛在門外的標示板，說明這裡是大部分學生幾乎不太會特別注意，甚至在畢業之前都可能不曾踏入過，但在「成人片」裡十分常見的場景。不過，也就是它在現實中的存在感極低，才最適合埋藏祕密。

對啊，不然我來這裡幹麼？

我站在門前，輕敲兩聲後停頓片刻，再以比方才更緩慢的節奏敲了三聲。這是極度無聊、但總讓那個邀約我的人無比興奮的暗號。

大門應聲而開，我根本還來不及看清眼前，就被門內竄出的力道拉了進去。

視線尚未適應黑暗，什麼也看不見，只知道拉著我的是一雙急迫又野蠻的手。

我被推到牆邊，背後傳來一陣冰涼感，隨後聽到關門聲與一記沉悶的鎖門聲。

很快的，耳邊傳來燥熱而急促的氣息，「怎麼這麼久？」

「看到訊息就過來了喏。」我懶懶地說。

「遲到了。」

我拿出手機，確認了畫面上顯示的時間，說：「才沒有，現在才七點二十八分。」

同時，順著螢幕上的光源，我終於看見面前那急切地、飢餓地，似乎急著想把我吞下肚的男人面容。

在器材室外，人人會叫他英文老師、班導師，或者為他貼上全校內「顏值最高男教師」的標籤。還有，班上有些完全不懂得掩飾的花痴，更毫不避諱地將他視為「老公」或性幻想對象，好像男人跟女人之間除了這件事以外，就沒別的事可以搞似地……

啊……確實是吧？

所以，進了這間器材室，他就成了我的「老公」……？嗯，也不是，我們從沒有以那樣的關係稱呼過彼此，我也沒將他的號碼記錄在手機裡，他的訊息除了時間以外更不會多說別的，甚至，我們並不透過通訊軟體往來任何訊息。

如此有默契地避免留下證據的可能，不就是為了方便彼此，也不牽絆對方嗎？我也不知道，這間器材室除了我之外，他是否還有讓其他的女學生來過。

又重要嗎？

對於這樣的關係，我向來習慣將對方歸類為「乾爹」，彼此各取所需。

啪的一聲，手機已被對方奪走，扔在一旁的空桌上，四周再次陷入黑暗之中。我被他緊緊地壓制在牆上，彼此的距離狹迫到只能呼吸著對方呼出的氣息。

「我沒什麼耐性。」他的手不安分地伸入我的裙底。

我輕哼了一聲，任由他的動作。

他手掌的溫度已經熟悉到毫無新意，在身體自然反應的同時，我還能分神想起他剛調到學校來後不久，同學們曾經傳過一陣子的傳言。

他本來是另一所私立女中的教師，和女學生發生過可能已經見怪不怪，但仍然會在校內掀起軒然大波的事——聽說那女生還懷孕了。只是這男人不知道有什麼後臺，和對方的家長私下和解，賠了一點錢讓女生墮胎，然後他就像沒事一般地轉調到目前的學校來了。

不過有句老話說，狗改不了吃屎，眼前這一幕便是最好的印證。

「等待有時是件好事。」我慢條斯理地回應：「你上課時不是說過嗎？」

「等我存更多力氣搞死妳嗎？」他的氣息又游移至我耳邊，那帶著濃重喘息的聲音使我的耳根一陣搔癢。

「那就……」

話還沒說完，嘴就被他堵住了。

隨即，他的舌竄入我口中，失控地翻攪著。即便我真的沒再多做什麼挑逗他的動作，就足以讓他幾乎克制不住滿腔的慾望，將我壓制在地上。

到底是班上哪個三八說過的，接吻的時候一定會有種羅曼蒂克的、小鹿亂撞的感覺，而我卻從來沒有過？

我不懂那是什麼感覺。

好險沒有。

不然就會像那些一失戀就哭天搶地，還要拿刀在自己身上亂畫的暈船蠢婦一樣。

正因為我沒有心跳，或是說，我不給人掌握我心跳的機會，才能從一切行動中，精準地達到目的。

胸口的襯衫鈕釦被粗魯地解開，一隻熱得發燙的手穿入胸罩內，覆蓋在我的胸部上，毫不節制地揉捏起來。

嘖，千萬別把釦子扯斷啊，我今天沒有穿外套來。

我知道接下來會發生的一切——眼前的男人要吃屎，但我為什麼要陪著一起呢？

大概就是，他吃他的屎，我拿我需要的……

體溫逐漸升高，思路也逐漸模糊，每一個念頭都變得零碎而鬆散。

每天規律且機械的考試、聽課，除卻睡覺或在桌下偷玩手機遊戲之外，我想不到別的方法去緩解心裡那悶得慌的無奈。只可惜，當這兩種方法使用了太多次之後，也漸漸無趣起來。所以，無聊的生活之中，偶爾有這種「活動筋骨」的機會，還能不用認真聽課就在期末安穩過關，那也是不錯的。

至少，我還滿投入在那體溫升至最高點後，引發全身顫抖好幾秒的高潮。

而且，不用動腦。

等到半個小時或是……一個小時之後，再問問他下次英文段考的題目……吧。

※　※　※

寶貝，今晚不能陪妳吃飯了，我家裡有點狀況。

離開器材室後，我收到另一則訊息。

這種訊息很常見，大概又是老婆在找麻煩吧？如果不是的話，就是為了去見其他像我這樣的女人。說到底，男人就是這種德行，不管對哪個女人都要說謊。

跟我爸一樣。

從一開始的各種藉口，加班、開會、出差……到最後甚至連理由都懶得說，常常要好幾天，才會看到他回家一次。世界上到底有沒有那麼多值得努力的工作，因而必須犧牲家庭，我不知道；但我知道世界上有很多讓人欲罷不能的誘惑，因此忘了自己還有個該回的家。

但現實的問題是，如果家庭對一個人來說，只剩下責任，和一個已經看膩了、不會甜言蜜語也不懂溫柔，完全比不過花花世界的伴侶，那麼，誰會想待在家裡？

因此，我爸身上總有不同的香水味，手機裡也常有忘記刪掉的曖昧訊息，有時候會掛著根本不是我媽會買給他的領帶，還有，他的車上甚至不用仔細「搜證」，就可以找到一大堆其他女人停留過的痕跡：垃圾桶裡印有唇印的菸蒂、隨手塞在置物箱裡的女香收據、副駕駛座上不可能來自於我媽的長髮髮絲……

這些還不是最誇張的，最誇張的是即便出軌的證明隨手可得，我媽卻還有辦法忍氣吞聲地待在家裡。她從不和我爸爭論他們已無意義的婚姻，只敢在背地裡默默落淚，大罵我爸是個骯髒的野狗。

但她為什麼還是要跟野狗住在一起呢？

如果不想離開，而這隻野狗又還能給她安穩的生活，那就好好過日子就好了，拿我爸給的錢去做自己想做的事，何必浪費眼淚和力氣？可惜，我也沒見過她有好好打理自己，就像八點檔裡蒼老的黃臉婆一樣，曾有過的青春一去不回，也看不見未來的希望，除了抱怨之外，生活再也無其他目標。

最可怕的就是，明明有很多辦法能讓自己活得舒服，卻寧可要選最痛苦的。

換作是我，這種生活我一分鐘都過不下去。

那樣的家也沒什麼好回的。

等等，我今晚原本有約嗎？

想了很久才記起，那封訊息來自於前不久在網路上認識的大叔，好像是工程師還是維修師？我們見過幾次面，但他不只錢給得少，選的餐廳也很不入流，再加上有奇怪的癖好：每次見面前一週，都會要求我每天穿同一雙襪子，不能換洗，並在與我見面後帶走。

沒有人喜歡做麻煩又划不來的生意，於是他被我放進備選名單，除非我真的閒得發慌，否則就不會赴他的約。以至於我完全忘記了，他幾天前曾問過我今晚有沒有空，我當時又敷衍了他什麼？

對我來說，如果男人都像我爸那樣，何必要有多餘的情緒？就讓他們成為叼著骨頭直奔而來的野狗，至於要不要收那根骨頭，選擇權在我。

我絕對不會變成跟我媽一樣的女人。

※　※　※

回到教室時，晚自習結束的鈴聲剛響沒多久，已有大批的人潮迫不及待衝出教室，像是假釋出獄的罪犯一樣，大口吸著教室外自由的空氣。

為什麼說是假釋？

因為要不了多久，還是得回到這個地方——既窄小卻要容納四十多個人的群體牢房。

「喂，妳剛去哪啊？」

聲音的來源是剛剛傳紙條過來的杜俊謙。

他完全符合一般人對壞學生的刻板印象，痞痞的笑容、服儀檢查必定不會過關的金色刺蝟頭，襯衫的釦子從第四格開始扣，露出裡頭的黑色內搭背心，我也幾乎沒見過他有什麼正經的樣子。

他總是一副極度自戀的樣子，可能以為自己是日系美型男吧？真要我說的話，如果以英文老師的長相為及格標準的話，杜俊謙大概只有三十分，根本與美型男無關，只是個十足土氣的「臺客」。

「就，無聊嘛，出去走走。」我隨口答。

「出去走也不揪，裝什麼神祕，我坐到屁股都麻了。」

接話的人，是坐在杜俊謙旁邊的王威廷，籃球隊隊長，和杜俊謙是完全不同的風格。因為每天練球，身體線條很精實，皮膚也是健康的小麥色，臉的話……也比杜俊謙好太多了，至少他就像是少女漫畫裡會出現的籃球隊隊長，身後總是跟著一大堆崇拜者。

「怎樣？是不是我們的計畫讓妳太興奮，要跑出去冷靜一下？」杜俊謙露出不懷好意的笑容。

「沒有好嗎？」我將雙手一攤，而後走回位置，開始收拾書包。

其實也沒什麼要收拾的，我從不帶作業回家，也沒有準備考試的習慣，能擺進書包裡的，也就只有鏡子或遮瑕霜那些與課業無關的東西。

「那妳要跟我們一起去嗎？」王威廷說。

「我想一下。」我說。

杜俊謙繼續講了一堆理由試圖說服我，說什麼最酷炫的旅行就是不做任何準備，去一些別人沒去的地方，因為不知道會發生什麼事，才會有期待。接著，他拿出手機上的網路新聞給我看，標題是：「人氣樂園淪為死寂廢墟，陰森駭人」。內容大概是在說，海天樂園在棄置以後成為恐怖的廢墟，成為冒險者的天堂。

我讀完文章後，杜俊謙收起手機，一臉興奮地看著我：「是不是很刺邀？是不是很想去？」

雖然我不太能理解，為什麼他對於未知的一切會有那麼高昂的興致，不過我確實認同他的部分觀點：因為每天要做什麼、會遇見什麼人都已經知道了，才會覺得無聊。

我對生活沒什麼大期待，只偶爾希望能有點不同。

明天放假，今晚也沒其他人約。如果回家，大概也就是閒著躺在床上追劇，和杜俊謙的邀約比起來，同樣是浪費時間，其實選哪個都沒差。不過我挺意外自己對這邀請感興趣，也不對那荒涼的廢墟感到害怕。

所以，沒有拒絕的必要？

坐我旁邊的謝俐君轉過頭，問：「你們要去哪裡？」

這女孩沒什麼特別值得介紹的，只是從高一開始就很喜歡跟著我，所以大家都「以為」我們是好朋友。

為什麼我會說是「以為」？

因為我總覺得我們的關係更像是互利共生？光靠她的本事與那一張普通的臉，是不會有人注意到她的。所以只要跟著我，她就多了很多機會和男生相處；而我有許多懶得去做的事，剛好可以讓她幫我記得，比如抄聯絡簿、借作業來抄……反正讓她跟著我，並不會減少我受到的關注。

「謝俐君也有興趣嗎？也行，妳來的話，陳妙珊應該就不會拒絕。」杜俊謙笑了笑：「陳妙珊能來，王威就會很爽。」

王威廷推了杜俊謙一把，說：「你一天不亂講話嘴巴會癢是不是？」

「喂喂喂，我才沒有亂講話，我在幫你製造機會欸？」對王威廷說完，杜俊謙伸手把方才傳給我的紙條遞給謝俐君，神祕兮兮地說：「欸，目的地在這裡，用看的就好，不要講出來，別讓其他人知道！」

謝俐君看了紙條上的內容，一臉驚訝地說：「你們要去這裡？」

「對啊，想不想去？」杜俊謙一臉期待的樣子。

謝俐君看著王威廷，問：「你也去？」

王威廷指著杜俊謙，說：「我受不了他的『盧小』，就去看看好了。」

她看了我一眼之後，突然雀躍起來：「我們也去？」

「是喔，妳不怕嗎？」我笑著回應她。

她在意的根本不是能不能放心出去玩，我清楚得很。

「如果只有我跟妳的話，那我一定不去。」她解釋：「有男生的話我就比較放心，反正我也沒去過這種地方。」

跟我料想的一樣。

我早就知道她喜歡王威廷了，有這個機會可以多和對方相處，怎麼可能放過？不過，這兩個人各有各的心眼，謝俐君是利用我來接近王威廷，而王威廷則是利用杜俊謙來接近我，十足老套的高中生把戲。

每一次只要有我在，王威廷的眼睛幾乎不曾離開過我，言行動作都非常明顯，我都裝作不曾察覺。

我在故意製造什麼粉紅色的曖昧感嗎？

那倒也不是，我對甜甜蜜蜜的戀愛並不嚮往，當你選擇和某個人成為男女朋友之後，生活也會變得單一而狹隘。雖然好像很幸福，但終會變成一板一眼的相處循環，彼此眼中不一定再是激情，而是無趣，我媽這種女人就是這樣來的；再來便是很簡單的，即便他只是問我要不要去器材室「來一下」，我也會拒絕他。我不是清純聖女，但王威廷這種人除了一張賞心悅目的臉之外，還能給我什麼？錢嗎？分數嗎？

全都不能。

既然如此，為什麼要在這個人身上浪費力氣呢？

我可不是什麼免費的便宜貨。

再來是我個人覺得比較有趣的部分，我對王威廷的一切行動都不明顯地保持距離，卻也不讓他有機會再進一步。好吧，這聽起來的確有點曖昧，我是在吊他胃口沒錯，不過目的是想看著他和謝俐君自以為一步步往目標邁進，最後卻可能什麼也沒得到。

不覺得滿有趣的嗎？

「欸，陳妙珊，所以妳去不去？」

杜俊謙的聲音把我拉回眼前，我先看到的卻是王威廷一臉期待的表情。

「如果我不去的話會怎樣呢？」我朝杜俊謙微笑。

「那妳就很不夠意思。」他推了推身邊的王威廷，又說：「而且，王威會很失望。」

「靠，你不要亂 cue 我喔！」王威廷慌亂地朝杜俊謙的肩頭拍下去。

我看了王威廷一眼，說：「有什麼好失望的，其他人都還是可以去呀？」

「妳真的不能去呀，有事？」謝俐君試探性地問我。

「我開玩笑的，我沒事。」

杜俊謙發出一聲怪叫：「吼——早說嘛！」

接著，杜俊謙拉著王威廷朝我和謝俐君走了過來，小聲地說：「聽好，手機關機以後放學校，明天早上再回來拿，免得讓手機定位洩漏行蹤。我已經有一個大過了，不能再多。所有行動都要保密，我們等下分散出去，各走各的，到樂園附近再集合，知道嗎？」

「你不要說得好像要去殺人放火一樣！」王威廷沒好氣地說。

「那你不要把什麼都想得跟殺人放火一樣啊！」杜俊謙不甘示弱地回擊，「籃球隊隊長耶，陽光一點好不好。」

「我和謝俐君搭公車去。」我說。

接著，有個陌生的聲音從我旁邊出現。

「妳們東西掉了。」

我這才發現我身邊站著別人。

回過頭去，楊予純的雙手交疊於胸前，幾乎沒有笑容，垂落於頰邊的瀏海更是遮蓋了部分五官，使她整個人散發著陰沉感。再加上高瘦的身材，一副不好親近的模樣。

她的座位離我們很遠，居然沒有人聽到她靠近時的腳步聲。若是以戲劇或是電動裡的角色為例，我一直都覺得她的外貌設定就像躲在暗處的刺客，趁人疏於防備時殺個措手不及。

這人這學期才轉來，不知道在之前的學校犯了什麼錯，導致退學。犯什麼錯不打緊，只要別嚴重到殺人放火，我們學校應該都會照單全收。畢竟私立高中最大的收入來源，就是成為考試制度底下的「難民收容所」。反正有錢繳學費，別再搞出什麼大條的事情來，就有畢業證書可以領。

班上應該很多人跟我一樣，覺得楊予純不是一個好親近的人。所以在她轉來沒多久之後，開始有傳言揣測她被前一所學校退學的原因，有的說是打架打到集滿三個大過；也有人說她加入幫派被學校發現；而我聽過最糟糕的說法則是：她在週記上詛咒班導師去死，結果老師真的在下班途中被車撞死……

傳言終是傳言，目的只是讓大家在嘴上有個消遣，沒有人提出過真實證據，但還是會下意識與她保持距離，以免被一視同仁，和她一樣成為不受歡迎的人。

畢竟，這裡是高中校園啊，是比成人社會人口密度更高、更讓人窒息的微型社會。狹窄的教室內擠了幾十個人，距離自己不到五十公分就有另一個人，而且還是前後左右都有。所以，人與人之間的「和平共存」就顯得格外重要。在學校裡首要的人際目標，其實並不是讓多少人認同、喜歡你，而是避免讓太多的人討厭你。

高中生的群聚感染力是很可怕的，當有一個人討厭你的時候，很快就會變成兩個人討厭你，接下來，兩個變四個、四個變八個，到最後，全班有八成以上都討厭你，也是「指日可待」的事。剩下那些可能喜歡你，或是不願表態的人，也會因為害怕與你靠近後被大家討厭，被迫選擇跟著一起討厭你。

通常在班上被討厭的人，都不會有太好的下場。

運氣好一點的，如果班上大多數都是不喜歡大動干戈的「和平主義者」，頂多只是讓你在分組的時候找不到人，下課的時候沒人可以說話，或者要借東西的時候借不到……等等在生活上的小小不便。

如果運氣不好，你班上同學都毫不吝嗇地展露原始人性，那麼被霸凌就會慢慢變成校園日常，比如桌子在放學後被推倒，隔天得在眾目睽睽之下收拾滿地殘局；或者，在走廊上莫名其妙被撞倒，還要被對方挖苦或怒吼，更會在瞬間變成現場 LIVE 演出的八點檔演員，因為身後會有一群好事的群眾正等著你的反應；吃飯的時候便當可能會莫名其妙被加料，而那些料並不是一般人類可以食用的素材……

最不幸的，就是被當成沙包，無論是用來發洩、練武或取樂，總之就是得到具體的身體傷害。

無論如何，對被多數人排擠的高中生而言，如果所謂的地獄有十八層，那麼學校絕對是第十九層。

所幸楊予純並沒有成為被大家欺負的可憐人，可能是她不自覺散發出來的「殺氣」吧，所以大部分的人出自害怕，沒對她做出什麼過分的事情來。至少，我看到的都是刻意地遠離她、忽視她，沒有對她動手。

至於楊予純是怎麼想的？

就我的觀察，她似乎對傳言毫不在意，在學校裡要嘛就是上課，不然就是待在位置上，不與人交談，放學後就走人。雖然不知道她有沒有認真聽課，但她的目的感覺很簡單，是為了用出席率來換取畢業證書，而其他人都與她無關。

只是，她沒事幹麼靠近我們？

楊予純將地上的紙條撿起來，遞還給謝俐君。她不經意地瞄了紙條上的內容說：「海天樂園嗎？大門現在封鎖起來了，你們知道怎麼進去嗎？」

「靠，妳幹麼偷看？」杜俊謙瞪著她。

楊予純沒回答他的問題，自顧自地說：「網路上有人說要走戲水區旁的柵欄破洞進去，但那很窄，我知道有一個更好進去的地方，在反方向。」

「妳去過？」杜俊謙問。

「去過幾次，晚上不想睡覺的時候。」她說。

「妳自己去？」

她點頭，說：「嗯。」

「靠，妳是去散步嗎？」杜俊謙看著她的眼神，像是見鬼了：「妳不怕？」

「有什麼好怕的？」她淡淡地說。

杜俊謙瞪大了眼：「我現在知道大家為什麼怕妳了。」

她沒有回答杜俊謙的問題，又接著問：「你們什麼時候要去？」

杜俊謙用戒備的眼神看著她，沒有答話。

「放心，如果我要去告狀，我剛剛撿了紙條就可以直接去，根本不必跟你們說這些。」她的右側脣角向上一撇。

杜俊謙思索著楊予純的話，一副想要反駁什麼，卻又說不出口的樣子。

「妳想跟我們去嗎？」王威廷看著楊予純。

「如果你們想進去，我可以帶你們走我平常會走的地方。」

王威廷不解地回應：「為什麼？」

「什麼為什麼？為什麼要帶你們進去嗎？」

「對啊！」杜俊謙說：「我們跟妳又不熟。」

她輕哼了一聲，說：「就當是怕你們迷了路死在裡面，以後我要散步就沒地方去了，因為可能會有鬼？」

「欸，妳講話很靠杯欸。」杜俊謙不滿地說。

「隨便你們。」

我看著楊予純和杜俊謙的一來一回，突然覺得很有趣，因而閃過一個出乎意料的念頭。

說完，楊予純轉身就要走，但我出聲叫住了她：「嘿，楊予純。」

「怎樣？」她回頭。

「如果妳可以帶我們去的話也不錯。」我回以她微笑。

驀地，其他人都對我投以驚訝的表情，好像我做了很恐怖的決定。

第三回　林湘茹——這是一場需要瞞著世界的冒險

賭徒冒著賠上身家性命的風險，
在機率極低的可能上孤注一擲。
越是賠不起的賭注，特別是性命這種，
失手一次就再也回不來的籌碼，
才可以感受到在終局揭曉以前，最逼人的震撼與躁動。

所謂冒險。

遠離塵囂的海岸在夜裡更顯寧靜。

路上只剩下我們這輛車，燈光也越來越微弱。

我減速駛向前方最後一盞路燈。

「得停在這了，不然回來的時候，會找不到車子。」

「好。」

踩下煞車時，突然有點卡，要比平常踩得更大力，車才慢下來。

我皺起眉頭，往煞車板看去，幸茵注意到了。

「怎麼了？」她問。

「煞車有點怪怪的。」

「還行嗎？要不要找個車行看看？」她顯得有些擔心。

我再試了一下，又好像沒什麼問題。

「應該不礙事。」

「真的沒問題嗎？」

「沒事啦！」我說：「而且現在晚了，車行都關了，明天再說吧。」

「好，我會提醒妳。」幸茵深吸了一口氣後，說：「走吧！」

車子熄火後，往前望去，是一片未知的黑暗，我們的目的地就在那裡。

「會怕？」我問。

「說不會是假的，因為是第一次來。」她說：「不過，又很興奮。」

「這就是冒險的標準心情。」

她點點頭，笑著說：「同意。」

所有的廢棄建築中，最為可怕的就是樂園類。正式營業時色彩繽紛的主題裝飾、人偶，在時光的流失與被人群遺棄之後，各種泛黃、毀壞、變質，都加倍增添恐怖的觀感。更甚，人們會認為這些東西容易沾染不祥之氣。

怪力亂神什麼的，對我和幸茵來說，從來不是阻礙，畢竟我們都不認為那是世界上最可怕的東西。

所以，這一次的冒險首站——已於多年前荒廢的海天樂園，就在我們眼前。

在那個樂園裡，曾經最不缺乏的就是人，走到哪都能聽見不絕於耳的笑鬧聲。如今，只剩下眼前的一片黑暗。

這是離學校最近的一個點，所以安排在冒險之旅的第一天。走完之後，會再驅車南下，前往其他的廢棄樂園。

這是一場需要瞞著世界的冒險，也只有我和幸茵能夠分享，所以它顯得格外誘人。知道一旦出了意外就得承擔極大的風險，卻還是要放手一搏。

下車之前，我再次確認手邊的物品，一面問：「東西都帶齊了嗎？」

她舉起手中破舊的地圖與手電筒，說：「我弄到了以前的園區地圖，然後手電筒在這裡，包裡有水和餅乾，喔對，還有備用電池，沒缺什麼了吧？」

「應該沒有。」

「好！」

「那就走囉？」我對她伸出手。

她對我的手緊緊一握，接著我們便打開車門，走向那片未知的黑暗。

才沒走幾步，我們發現幾道微弱的光線，不遠處站了幾個人。

就算光線不足，也能察覺到他們的存在——喧鬧的喊叫聲與笑聲在寂靜的氛圍裡顯得格外突兀，高中生樣貌的三女兩男以極度惱人的方式，出現在這本該只屬於我和幸茵的空間裡。

「媽的，好黑喔！」順著光源望去，說話的是一個留著刺蝟頭的男生。

「你是怕了是不是？」另一個男生說，身型比「刺蝟頭」高大了些。

「幹！你才怕！」刺蝟頭回嘴。

「小聲一點好嗎？」這次是女生的聲音，「氣氛都被你們破壞了。」

「是是，我的大小姐，那請您趕快把手電筒打開，真的很暗。」

「我打開啦。」講話的女生打開她手上的手電筒，我也看清了她的容貌，是一個長頭髮的女生——長得很漂亮，也很會打理自己。她臉看起來是素顏，卻是精心打過底妝的，不顯過分成熟，反倒突顯似成年又未成年的特殊氣息。她很可愛，眼神和笑容裡卻藏著非常深層的驕傲，如果沒有點心眼是察覺不到的，而我知道那是怎麼回事。

她旁邊的兩個男生，目光很明顯地都是以她為中心。她就是典型會被人捧在手心裡的女孩，她自己也明白這點，才會有那樣的神情。

莫名的厭惡感在我心中油然而生。

除了「刺蝟頭」、「高大男」和「長髮女」以外，還有一個跟在長髮女身後，像是跟班一樣的女生。她明顯想要模仿長髮女，有一樣的長髮甚至妝容，但本身的五官遜色很多，只能變成「低配版」的長髮女。最後，就是一個留著兩邊不對齊的短髮，站在一旁冷冷看著她們對話的高瘦女孩。

「煩。」我低哼了一聲。

「看來他們也是要來冒險的。」幸茵無奈地說。

「他們吵死了。」

我講得很小聲，也刻意關上手電筒，繞開他們往前走，還是被長髮女注意到了。她將手電筒轉向我們，發出一聲刺耳又做作的驚叫聲。

「啊！那邊好像有人。」長髮女孩說。

「幹！妳不要嚇我。」刺蝟頭也跟著喊叫了一聲：「哪裡啊？人還是鬼啊！」

「那裡啦！」長髮女指著我們的方向：「那邊，是不是有兩個女生？」所有的燈光，頓時都往我們身上集中過來。

「哇！真的有人。」刺蝟頭朝我們走了過來，並維持著誇張得讓人厭煩的口吻：「欸，妳們是人吧，是人吧？」

他知不知道自己有讓人惱怒的特質？

我要頻繁地壓抑，才能忍住一拳揮向他的衝動。

「那你呢？是鬼嗎？」我冷冷地應。

「啊，原來我是鬼喔？」刺蝟頭突然笑了起來，「妳會怕嗎？」

「無聊！」

「才不會無聊咧！」刺蝟頭極度自戀地拂了拂他那可能會割傷手的頭髮：「兩位美麗的姊姊，要不要加入我們的冒險團？有兩個專屬保鑣，還有三個女生可以陪妳們聊天，絕對物超所值，值回票價喔！」

「你是在賣藥嗎？」高大男以調侃的口吻回應。

「你說我亂拉人，你自己現在又在做什麼？」長髮女一面說，一面將目光移向我們，我可以感受到她對我的敵意。

她並不想與我們同行。

我就想嗎？

「我們沒興趣。」

說完，我拉著幸茵就要往前走，誰知道，刺蝟頭居然衝過來堵在我們面前：「拜託啦，姊姊，不要讓我今天第一次搭訕就失敗！」

說完，他又去拉扯幸茵的袖口：「這個姊姊，妳也沒興趣嗎？跟我一起勸妳旁邊的姊姊嘛！」

我真的非常受不了男人的「盧小小」和動手動腳，當我看見幸茵的袖口被扯住時，立刻推開了他：「就跟你說了不要，你連臉都不要嗎？」

「啊！好凶喔！」刺蝟頭被我的音量嚇到了，很快地又給自己找了臺階下，「我是好意嘛！妳不喜歡也不用這麼凶……」

「杜俊謙，回來啦，她們不想就算了！」高大男對他揮了揮手：「我們這邊有五個人，你還怕不夠多嗎？」

我拉著幸茵就往前走，不想再看到刺蝟頭那副噁心的嘴臉。

走了一段距離後，終於不再聽到那五個不速之客的惱人音量。

「湘。」幸茵叫住我。

「怎麼了？」

「如果妳不想在樂園裡碰到他們的話，可以跳過這站，直接南下吧！」

剛剛被長髮女生發現的時候，我就動過這個念頭。

「妳覺得呢？」

「雖然滿可惜的，但如果不想被打擾，當然是離開比較好……」幸茵望著還藏在一片黑暗之後的樂園：「不過，為了一群不速之客改行程，也滿掃興的。」

「我的想法跟妳一樣。」

「妳也還是想去吧？」

「當然。」

「那就……不管他們？」

「也好，反正他們這麼吵，聽到聲音繞開他們就是了。」

「那就走吧。」

幸茵牽起我的手，繼續往黑暗裡行走。

※　※　※

嗅著絲毫不帶人氣的空氣，心中的不安感也逐漸加劇，偏偏，那樣心跳加速的感覺卻又帶著讓人著迷的興奮。

逐漸習慣死寂與黑暗後，我們來到一片雜草叢生的空地。地面上留有參差不齊的柏油路面碎塊，上頭的白油漆，還能勉強拼湊出停車格的形狀。在樂園還營運的時候，這一帶會停滿大大小小的車子，將一波波的人潮往園內送。如今這荒地只能證明曾經有人存在過，再也看不見任何人。

不一會兒，一個極高的柱狀招牌矗立在我們眼前，需要憑藉手電筒的燈光，才能看見上頭早已斑駁的幾個大字：海天樂園。後方不遠處，是曾經的售票亭，看不見爭先恐後搶著入園的人潮，只有一排鏽蝕的鐵柵欄截住了去路，宣告這裡不再歡迎人群的到來。

「去過的人說，不能從售票口進去……」幸茵將手電筒移向她手上的園區地圖，說：「要從靠近戲水區的方向進去，那裡有一小塊破掉的圍欄。」

若真有那個「破洞」，絕對是「前人」留下的蹤跡，以造福往後無數有心冒險的人。

幸茵拉著我的手朝著她確定後的方向走去。

找到標的物「圍欄」之前，我們穿進一陣密麻且雜亂的樹叢，每一次枯枝刮上我臉頰的搔癢及刺痛感，都如此鮮明。

那樣的感知給了我清楚的意識：我活著，且身在極度吸引我的樂園之中。

「欸，湘，妳看，圍欄這邊真的破了一個小洞！」

不久後，在樹叢的某一個角落，幸茵找到了「真正的」樂園入口，興奮地呼喊著我。

「感謝前人。」我笑了笑，「不然我們光是找個可以溜進去的入口，就要找上好一段時間了。」

圍欄是以條狀的木板拼湊而成，被人拆掉了其中一小塊，雖然可以進入，但十分狹小，無法正面通過，得側身以後縮點小腹才有辦法進去。

「小心頭！」

我先穿進縫隙之後，再小心地護著幸茵，讓她安全地通過。

幸茵喘了一口氣，說：「呼，真窄。」

「應該是不想被太多人發現，才會這樣弄吧。」

「也是！」她點點頭，「不過，總算進來啦！」

接下來，出現在我們眼前的，是樂園內的戲水區。

海天樂園的區域規劃是圓環式的，以中央的廣場為軸心，延伸出五個不同主題遊樂區，每個區域都有數種結合該區主題的遊樂設施。我們剛剛去的戲水區算是最小的一區，其他還有以太空元素為主題的「未來區」；各種高難度設施如多層旋轉雲霄飛車、三百六十度海盜船等等的「極度冒險區」；以叢林生物與各種怪獸為主題的「雨林區」。至於最後一區沒有遊樂設施，但有各種結合童話故事元素如糖果屋、公主城堡的餐廳或紀念品販售店云云。

我們所在的戲水區，過去只有在夏季開放，除了足夠容納大批遊客的泳池、蜿蜒的滑水道之外，就是小孩子最喜歡的，可以爬上爬下的戲水設施。

現在，捲曲的滑水道就像潛伏在夜裡的大蛇怪，似乎隨時都會張牙舞爪地飛奔而來，或是有什麼非人類的生物與靈體從中奔竄而出，因為我和幸茵這兩個不速之客打擾了他們的安寧。

「啊！」幸茵發出一聲驚呼。

「怎麼了？」

順著她手中的燈光望去，光點落在泳池內，四周都是轉變為深綠色的死水，混濁得完全無法看見池底。

「跟網路上的照片一樣，一灘綠水。」

「幾年沒有換水了，也沒有人，就換其他生物在這裡生長了。」

「我記得以前來玩的時候，水都是很乾淨的，遠看是很清澈的藍色。」

「雖然那是漂白水的功勞，不過確實比現在乾淨太多。」

幸茵輕嘆了一口氣，「不過，就因為以前來過，才能感受到明顯的對比。」

「是啊……」

我走近那一灘死水。

其實也不完全是「死」的，因為水面上有好幾隻正在活動的水黽，蕩起一陣陣讓人不甚清爽的漣漪。

「湘，妳是什麼時候來過，小學嗎？」

「國中，校外教學的時候，不過我那時候沒走來這裡。」我說。

「啊，妳說過妳不喜歡游泳。」

「對。」我故作無事地回應：「我就去別的地方玩了。」

眼前的綠水像是童話裡，巫婆正在熬煮的綠色毒藥，只差沒有冒出幾個黏膩的泡沫。

「為什麼不喜歡？」

「就是不喜歡，沒什麼理由。」

我不想延續這個話題，但那綠色魔藥似乎引發了詭譎的黑魔法，水面劃過的水面突然開始旋轉，就像鏡面一般，反射出一段段衝擊的畫面。

畫面中，一個女孩在游泳池水道，奮力游向終點。身在水中，一切的感官還是如此清晰：空氣中瀰漫著消毒水的味道，池底漂散的雜質與晃動的人影，岸上的鼓譟夾雜著吆喝聲與笑聲，以及，隨著划手和踢腿而緊繃的肌肉……最要命的是，從腦門一路延燒到腳趾末端，讓人想要立刻從這世界上消失的焦慮。

這麼努力到底為了什麼？為了岸上那些希望她第一個游向終點、對她卻無關緊要的人？還是為了能早點從這煉獄一般的深淵爬出？

最後，所有人都為了結局而笑，女孩卻想殺了所有對她露出笑容的人。

而後，游泳池掀起巨浪，像是她再也藏不住的情緒，狂捲而下，即將滅頂之前，浪花忽然轉變為一頁頁破碎的書頁，書封與內頁分離，還夾雜著醜陋的塗鴉，刷啦刷啦的，將女孩狠狠地吞沒。

她再也看不見任何東西，只剩耳邊那此起彼落、交疊迴旋的笑聲，浪濤一般地侵蝕她最後的知覺。

咚、咚、咚……

從我眼前劃過的水漂，在水面上蕩出了更大的漣漪，水黽四處奔逃，那些不堪的畫面也隨之消失。

我回過神，手中正拿著另一顆石頭，準備再次投入水中。

「妳會打水漂啊？」幸茵詫異地看著我。

「喔……對啊。」我刻意以輕鬆的口吻回應：「我小時候常常一個人在公園裡的池塘玩。」

說完，我又把石頭朝水面上投過去。

之所以學會打水漂這種沒有太大意義的技能，是因為我每逢思緒混亂，就會不自覺地想扔些東西來截斷它，後來發現往水裡扔石頭不只能消除惱人的念頭，還能得到舒壓的效果。所有我不想面對的事，都能暫時封鎖在石頭裡，漂向遠方。

恐懼的畫面消失了，我還是希望在光線不足的當下，幸茵沒有發現我心有餘悸的神情。

「湘。」她學著我拿起石頭往水裡扔，一面問著：「在我們變成朋友以前，為什麼妳都是一個人？」

「因為……」

我盤算著該說到怎樣的程度，不至於讓我無法承受，又能達到對她的坦然。

「如果妳不想說的話也不用勉強。」她對我淡淡地笑著。

「因為我……無法輕易相信別人。」我盡我所能地解釋著：「一個人，對我來說比較安全。」

「但妳一直都相信我。」

「妳和其他人不一樣。」

「怎麼說？」

「妳對我的態度沒有變過。」

「嗯？」她看著我，神情似懂非懂。

「以前的我和現在的我……不一樣，但大部分的人對我的態度都變了，只有妳是一樣的。」

她突然明白了，笑著對我說：「對我來說，妳也沒有變過。」

「所以我相信妳啊。」

我們相視而笑。

起身之後，幸茵反問了我：「在我們還沒有成為朋友的時候，妳是怎麼看我的？」

我很羨慕幸茵的特質，但是，是她能接受的嗎？

「說實話？」

「當然。」

「不受注目的女孩。」

「是吧。」她以理所當然的語氣說：「沒有什麼特色，也沒有值得讓人記住的地方。」

「不了解妳的人才會這樣認為。」

「我很早就發現了，我也不是會主動去認識別人的性格，所以沒有什麼朋友。」她的語氣有些無奈：「我就是這麼內向膽小啊。」

我想讓氣氛和緩一些，於是將手電筒的光線在眼前畫了一圈：「我們不膽小喔，妳看看我們在哪裡？」

「這大概就是少數不讓我怕的東西吧？」她嘆了一口氣。

「我跟妳一起，就更不用怕了！」我指著水池旁的設施，「不如我們也走到那邊去看看。」

「好呀！」

我拉著她的手往一旁走去，她握住我的力道突然用力了些。

眼前的設施簡單來說就像個大型的「溜滑梯」，不過裡面包含的「機關」以及高度、大小，都比一般公園裡的大上許多，再加上旁邊有戲水池。喔對，更好的說法應該是——豪華版滑梯。

最底下的這一層，有許多為了躲貓貓所設計的藏身空間，也有各種讓人往上層爬的裝置，從最簡單的樓梯、爬繩，到我永遠爬不上去的直立豎杆，什麼都有；第二層和第三層也是差不多的設計，不過多了幾隻固定在欄杆上的水槍，或是可以淋水的旋轉筒，目的是用來「攻擊」地面上的人；至於最頂端，有數個溜滑梯和滑水道，有的直達地面，有的在千迴百轉以後，衝入水中。

不過，也由於設備已經多年不曾維護過，當我們踏上第一層的層板時，發出了「嗤喳」的詭異聲響。

「喔！」幸茵發出了微小的驚呼。

「小心。」我伸手扶住她。

「沒事。」她輕喘了一口氣：「只是這地方很久沒有發出聲響了吧，哪怕只是這麼小聲的，哈。」

「難說。」我淡淡地說：「雖然沒有正規的遊客，不過也不知道有多少像我們這樣的人會來冒險。」

「啊，比如像剛剛那群高中生，真的很吵。」

「是啊。」

不知道從什麼時候開始，我的聽覺變得十分敏感，特別是針對笑聲。那種來自群體的、突然爆發的笑聲總會讓我下意識地豎起神經，所以我盡可能避免讓自己身處那樣的環境裡過久，以免那無法止息的焦慮又將我吞噬。

所以，我從沒想過友善地對待方才那群高中生，也希望他們找不到那個可以入園的小洞口。

思緒前進的同時，我和幸茵也毫無方向地在滑梯第一層內緩慢行走。這是沒辦法的事，因為光線不足以提供我們更明確的行走指示。

幸茵走在我身前，依舊緊緊地握著我的手。她低下頭，似乎在找著可以往上層攀登的地方，也可能是為了分散她說話時的注意力：「剛剛那群高中生讓我想起，在認識妳以前，我沒有那樣的記憶，和一大群的朋友嘻嘻笑笑的，做上一些其實沒什麼重點但可以笑很久的無聊事。」

「我也沒有。」

「妳期待過嗎？」

「沒有吧，我一直覺得大部分的人是難以信任的。」我說：「那妳呢？」

「我期待過。」她露出無奈的笑容：「但我應該有點社恐吧，其實我不太習慣跟一大群人在一起。」

「為什麼？」

她深吸了一口氣，我看見她因這個動作而上揚的肩膀。是的，那麼做多少能帶來一點勇氣，哪怕真的只有一點點。

「我很不喜歡被很多眼睛盯著看的感覺，非常不自在。」

「妳有過不好的經驗嗎？」

「沒有印象太深刻的事，不過我倒記得每一次上臺報告的感覺都很不好受。」她解釋著：「也不是覺得會出糗什麼的，但就是不知道為什麼該站在那裡，也不懂為什麼臺下那些人要盯著我看。」

「我理解。」

此時，我們找到一處可以向上走的階梯，她回頭看了我一眼，又拉著我繼續往上走。

登上設施的第二層之後，她再次開了口：「湘，妳總是會說，在不信任的人面前，沒有多說話的必要。不過，這就是個矛盾點。」

「妳想說的是……」我看著她：「如果不說話的話，也會不知道這個人值不值得信任？」

「對。」

「不過我寧可殺錯人，也不要給對方有傷害自己的機會。」我說：「我對大部分的人都是這樣的。」

「我後來想想，自己不容易被注意的特質也許是優點吧，那麼我就可以一個人待在角落，做自己喜歡的事。」她回頭看著我：「所以，我不做什麼會讓人對我留下深刻印象的事，這樣就不會有人靠近我，或是想理解我，也不會有一大堆眼睛看著我了。我成功了，的確沒什麼人注意我，不過在某一刻，我動了想要理解人的念頭，我也希望她是值得我信任的。那就是看到妳從書包裡拿出那些我也感興趣的書時。」

我的腦海裡再次出現了她對我伸出手，很努力想叫住我的樣子。

「其實，我原本對妳是有敵意的，因為我還不知道妳能不能信任。」我如實向她重述我當時的感覺：「我以為我已經不想要朋友了，只不過當妳開始對我說話，內容都是我渴望與人談論的，我發現我好像還是需要朋友。」

「所以我們都冒了某種程度的險。」

「好險，是值得的。」

她笑了。

沒過多久，我們終於爬上設施的最高處。

幸茵轉身問我要不要再冒個險。

「什麼？」

「從我們來到這裡之前，我就開始在想……」她的呼吸有點急促，但聲音聽起來很興奮：「我想從滑水道衝下去。」

她的提議使我訝異，不像我所認識的她會說出口的。

「妳確定？」

「嗯！」她點點頭，「我想好了。」

我思索片刻。

「選一個終點是到地面的吧。」我往下一看，這高度少說也有七、八公尺，「衝到那灘死水裡面，可不是什麼有趣的事。」

這層的四個面，都設置了一個滑梯的起點，前兩個是比較簡單的，直直的、沒有迴旋與轉彎，差別在一個是通往地面，另一個則是落在那灘死水裡；第三個是半圓筒狀的滑道，從我這個位置看下去大概有三到四個轉彎，總長比前兩個長上許多，最後的終點是在水裡；最後一個則是封閉式的滑道，也就是說在裡面會完全「不見天日」，然後經過幾個比較大轉彎，通往地面。

我認為若真的要試的話，第一個直通地面的會比較安全。

但幸茵似乎不那麼認為。

她站在第三個滑道前，眼睛突然亮了起來：「欸我說，選這個彎彎曲曲、最後通往水裡的，在落水的前一刻煞車，會不會很刺激？」

這越來越不像她會說的話了，我忍不住問：「妳喝醉了？可是我晚上沒看妳喝酒……」

「不一定要喝酒才能壯膽好嗎？」

她手中的燈光向前掠過前方的滑道，我還來不及答話，她就從滑梯的入口衝了下去。

「喂！王幸茵，妳瘋了嗎？」

滑道上傳來「噠噠噠」的腳步聲，有點像水桶掉落地面又反覆反彈的聲音。節奏聽起來是雀躍的，幸茵的身影在滑道上跟著節拍向前推移，逐漸縮小。不一會後，傳來一記沉悶的碰撞，她消失在我眼前。

「啊！」她驚呼。

「怎麼樣？」

「比我想像中滑，會跌倒。」說完，她站起身，又回到我的視線內。

「回來吧！」我有點擔心，「感覺很危險。」

「沒有走一半就退回去的道理！」她拒絕了我，聲音越來越遠。

人們對於危險的事，到底是怎麼定義的呢？

我們都知道那是一件最好不要做的事，卻不是每一個人都能在面臨抉擇點時，以理智終止腦海中的荒謬念頭。

此時此刻除了幸茵漸行漸遠的腳步聲，聽得最清楚的，是我的心跳聲。負責此聲浪的器官彷彿卡在喉間，以極度躁進的節奏跳動著。除了聲響之外，我還能感受到每一次跳動時撞擊胸腔的疼痛感。

「嗚呼！」耳邊再次傳來幸茵的驚呼，「我好像快到出口了！」

突然之間，身體好像有什麼東西，正在產生變化。

理智告訴我，不能再下去了。心跳、汗水、緊繃的心情全都是警訊，我不該再去挑戰能力範圍不能觸及的事。

除卻理智以外的思維，專注力卻不再聚焦在幸茵的安全與否，而是我能不能像她一樣，丟掉原本的思維邏輯，去做這輩子根本不曾想過的事？

幸茵從遠處傳來的陣陣驚呼聲也起了催化作用，我突然明白了什麼。

人類明明沒有翅膀，卻嚮往從高空一躍而下——因為墜落的快感令人著迷；賭徒為什麼要冒著賠上身家性命的風險，孤注一擲在那機率極低的可能上——因為凡是越大的賭注，特別是性命這種錯過了一次就再也回不來的籌碼，才可以感受到在終局揭曉以前，最逼人的震撼與躁動。

所以人類在某種層面上都有樂於受虐的本質？

天啊，我在想什麼？

我居然想透過離經叛道的念頭，試圖忽略理智的胡說八道。

是我在莫名其妙的「黑化」，或者這才是我本來該有的樣子？

這小小的事情也要想這麼久？林湘茹，妳太沒用了吧？

林湘茹，妳是來探險的，不是來賣命的，停止那些危險的念頭吧！

上述的聲響來自於兩個分裂的我，開始糾纏不清的爭執，那此起彼落的尖銳聲響讓我煩躁不已，得想個辦法讓她們安靜下來。

當我意識到這件事情的時候，我已經走上那個滑道，並且向前行走了一段距離。我一手握著手電筒，一手攀著半圓滑道的上緣，仔細注意滑道裡布滿的青苔以及我無法分辨質地的汙點。只要一個不留神，我就會摔倒，與它們來個最親密的接觸。

我現在終於知道為什麼幸茵會想做這件事了，光是「這絕對不是正常的我」的念頭，就足以讓人失神！

「湘，妳也走下來了嗎？」

「對。」我大口喘著氣：「我應該是被什麼東西附身了，才會決定這麼做。」

「沒關係啊。」她笑出聲：「我也被附身了，妳不孤單。」

很難得的體會，我希望趕快走到終點，畢竟這種懸空的不安，在在考驗著忍耐力的底限；但矛盾的是，我又不想馬上結束，因為這種驚心動魄並不是每天都能體會。

　　也許大家都渴望平凡無波的生活，但平淡久了就會無聊，這是人之常情。所以，只要一點點的危險，就是最好的調劑。

「這很滑耶，妳怎麼走的？」我對前方的幸茵說。

「就……小心一點。」她停頓了一會，隨即發出笑聲，頻率超出平常太多：「反正最糟的就是跌到那灘死水裡。」

「我不想喔！」

「妳不會的。」

「妳又知道了？」

她的腳步聲停止了。

「嘿！我到了欸！我居然沒摔下去！」

激動的呼喊聲後，我知道她在出口的那一端跳了起來，因為我所在的位置能感受到整個滑道都在震動，好似下一秒就會從哪個接縫處硬生生斷裂。

　　成就邪惡之事，向來要個惡魔同盟，而我的夥伴，就在彼端。

「恭喜妳！」我以與她同等高昂的音量回應。

「妳不會摔下去的，知道嗎？」她的聲音繼續傳來：「我會接住妳的。」

最終，我在滑道的出口與帶著笑意的她重逢。

她用以迎接我的，是一個大大的擁抱。

天色極暗，空氣寂靜到幾乎讓人耳鳴，這地方也被人貼盡負面標籤：鬧鬼、荒廢、遺棄、恐怖……身在這樣的環境中，我最鮮明的感官竟然是，我倆急促的呼吸聲，以及我雙臂上傳來的暖度。

來自於我的好朋友。

謝謝妳
還活著

第四回　陳妙珊——黑暗中的求生準則

我以為自己很懂黑暗中的生存法則。
因此，流言蜚語裡的我可能惡行惡狀，
卻從來沒有人能拿出實際證據揭穿我。

可是我忘記了，在黑暗之中潛行，
除了不能留下蹤跡，更重要的是，
不犯蠢。

沿途都是伸手不見五指的黑暗，燈光所及之處，除了叢生的雜草和破碎的路面外，什麼也沒有。穿著制服裙子和皮鞋不太方便行動，我有點後悔沒有先回家換一套衣服。

謝俐君跟在我旁邊，不安地看著在最前面帶路的楊予純。

「妳讓她跟著來真的好嗎？」

「我不是說了嗎？這樣她就沒機會去告狀了，因為我們是一起的。」

「但是……我從她轉學過來到現在，都沒跟她說過話欸，也不知道她是不是好人。」她吞吞吐吐的樣子，看了真是有點煩。

「是又怎樣，不是又怎樣？」我不以為意：「我們有四個人，就算出狀況，會打不過她嗎？」

「可是……」

一開始明明是妳為了靠近王威廷，才慫恿我一起來，現在又東怕西怕是怎樣？真要怕的話，想辦法去王威廷面前裝可憐才有戲啊，跟我說一堆有什麼用？

我沒耐心繼續聽她的質疑，就打斷了她：「唉，妳不要這麼擔心好不好？緊張的話就去聽聽杜俊謙的幹話好嗎？」

我甚至不用開口要求，嘴巴從來停不下來的杜俊謙總是會自動生產無數話題，以填滿空氣中的寂靜。

「我說真的！我看到歷史老師捂嘴咳完嗽，把痰抹在講桌的邊邊。」杜俊謙以極度浮誇的口吻說著，就像天橋底下的說書人一樣：「然後下一節課，英文老師就把手撐在那裡講課，完全不知道自己和歷史老師有了『最親密的接觸』，噁心死了！」

「靠，你上課到底都在幹什麼？」王威廷白了他一眼。

「亂看殺時間啊，不然他們上課你聽得下去喔？」杜俊謙理所當然地說：「要不是沒有手機，我才不會抬頭看那些咧！」

謝俐君的焦點轉向王威廷以後，似乎馬上就把方才的不安放下了。

「歷史課的時候……我好像也有看到……」謝俐君接了話，一面死死盯著王威廷：「老師的手一直在講桌邊邊磨上磨下的，我還以為她是手癢，沒想到是在抹痰。」

「是不是、是不是？」杜俊謙附和著：「謝俐君也看到了，就證明我不是在胡說八道。」

「還好我沒看到，不然午餐可能會吃不下。」王威廷搖搖頭，一臉不忍卒睹的樣子。

「我那天真的沒什麼胃口吃午餐……」謝俐君說完，好似在等待王威廷是不是會接話。

可惜，王威廷什麼也沒說，發話權又回到杜俊謙那裡去了。他開始講著其他科老師的八卦，比如理化老師身上有噁心的汗酸味、國文老師彎腰撿東西的時候，屁股上出現了內褲痕……諸如此類沒營養又低級的話題。但時間也就這樣不知不覺地流失，讓我不至於一直注意腳下扎人的雜草。

我猜想杜俊謙應該很怕寂寞吧，因為長相不怎麼樣，腦袋也沒什麼深度，缺乏能吸引人的特質。如果不浮誇一點，用誇張的神情與瘋狂的言辭來刷存在感，幾乎不會有人為他停下腳步。

有人可以安然地做邊緣人，因為不在目光底下生存就代表沒有危險。但杜俊謙很顯然不甘於此，甚或害怕被忽視，他的生存之道便成了我眼前這副模樣：小丑。

這沒什麼對與錯，每個人都可以找到與世界共處的方式，只是我不需要像他這麼辛苦罷了。

不知道過了多久，楊予純在一處鐵柵門前停了下來，簡短地說：「從這裡進去。」

「欸，妳行不行啊？」杜俊謙皺起眉，對楊予純說：「上面有那麼大一個喇叭鎖欸！」

楊予純沒說話，將鎖頭輕輕一拉就解開了，似乎本來就沒有鎖上的樣子。

「門沒鎖？」

杜俊謙試著把門推開，才一伸手，門便往後推開，發出刺耳的摩擦聲。由於他的力道過大，身體突然向前傾，差點要跌倒，被王威廷一把抓住。

「你長點眼睛行嗎？」王威廷忍不住挖苦他。

「我哪知道那麼容易就打開了？」

「這是怎麼回事啊？」謝俐君看向楊予純：「門怎麼會沒鎖？」

「這裡原本是員工通道，閉園之後就用那個大喇叭鎖鎖上。」楊予純解釋著：「我解開了。」

「妳解開的？」杜俊謙一臉懷疑地看著她。

「只要幾根鐵絲和工具的事。」楊予純淡淡地說：「有門可以走，為什麼要去鑽戲水區那裡的洞？」

「妳是什麼神偷刺客嗎？」

楊予純沒答他的話，只說：「進不進去？」

「等等。」杜俊謙故作神祕地笑了笑：「既然都來到這了，不能不留點紀念。」

「啊？」

大家都還沒反應過來。

杜俊謙從書包裡裡摸出一臺相機，自以為帥氣地拂了拂頭髮，說：「我們來合照吧，入園紀念。」

「你說不要被發現，叫大家不要帶手機，結果自己又帶了相機是怎樣？」王威廷不滿地看著杜俊謙。

「我這是古董，最傳統的一次性相機，除了拍照之外什麼功能也沒有。」杜俊謙解釋著：「沒有GPS、沒有時間紀錄，就只有底片，而且拍出來的照片也不是電子檔，沒法透過電腦亂傳，安全無虞。反正已經快畢業了，我等到那時再洗幾張給你們，誰會知道我們今天在這裡？」

「話都是你在講啦！」王威廷說。

「我可是做了萬全的防備欸！」杜俊謙一副自滿的樣子，又說，「來啦，大家在大門前站好，要拿手電筒打光的自己喬好，拍出來像鬼的話我不負責喔！」

杜俊謙舉起鏡頭對著我們，正準備按下快門的時候，楊予純走向他，說：「相機給我，我幫你們拍吧。」

「喔，好，有義氣，我最不喜歡大合照裡沒有我了！」杜俊謙把相機遞給楊予純，「等下我再幫妳拍一張。」

「不用了，外頭這沒什麼。」她舉起相機，「站好了嗎？三、二、一……」

閃光燈亮起。

拍好照片以後，杜俊謙很滿意地拿回相機，笑著說：「哈哈，沒想到這麼順利，我還以為要翻牆爬樹咧，結果走個門就能大搖大擺進去了。」

杜俊謙原本和謝俐君一樣，對於楊予純的加入感到遲疑，甚至嚷嚷著我做了一個糟糕的決定。但現在，他語氣明顯變了，對楊予純似乎有點佩服的感覺。

從門走進去之後，感覺並沒有太大的不同，只是從一個很黑暗的地方，來到了另一個同樣黑暗的地方。

我曾經在夜裡去過遊樂園，在高雄，國中畢業旅行的時候。那個樂園營業到晚上十點，夜幕低垂後也非常熱鬧。那時的光景和現在完全不同，雖然天是暗的，園內卻明亮得過分，像顆發光的水晶球，好像深怕人不知道這裡是個熱門景點。

現在，我也身在樂園裡，卻完全看不到前面有什麼，手上的燈光照不了多遠，如果不是剛剛過了一個門，我根本不知道我已經走進來了。這跟我想像中的不太相同，我以為我會有一絲不安或是害怕，實際上卻沒什麼太大的起伏。

突然有點失望，也有點無聊。

「你們以前來過嗎？」楊予珊一邊走，一邊難得主動發話。

「小學的校外教學是來這裡。」杜俊謙說：「我還記得雲霄飛車很刺激。」

「我也是，小學的時候來過，後來沒多久就發生意外。」王威廷跟著說。

楊予珊說：「你們把手電筒往上照看看。」

杜俊謙和王威廷照著她的話動作，順著燈光，我們看到高處隱約出現鐵軌的形狀。

「哇！雲霄飛車的軌道欸！」杜俊謙興奮地拍著王威廷的肩膀。

「你 high 就 high，不要打我！」王威廷後退了兩步。

「這裡就是以前雲霄飛車那區，後面一點還有海盜船。」楊予純介紹著。

「哦對，海盜船，我想起來了！」王威廷像是想到了什麼特別的回憶：「這裡的海盜船也比其他地方的可怕，會轉一整圈，三百六十度。」

「對對對！就是那個海盜船！」杜俊謙附和著。

「我有爬上鐵軌過，可以看到海邊那裡的景。」楊予純說。

「幹！妳爬上去過？」杜俊謙一臉驚嚇地看著楊予純：「妳不怕喔？」

「鐵軌沒有你想像的那麼窄。」

「妳怎麼爬的？可以爬到哪？」王威廷問。

「走著走著就上去了。」楊予純一面說，一面用燈光去尋找她所說的位置，不久之後，她指著前方說：「就那邊。」

她所指的位置，少說也幾層樓高。

我開始相信，楊予純確實是個深藏不露的瘋子，如果她所說的都是真的。

想想看，一個人在夜晚獨身來到廢棄樂園，當成是在公園散步，還簡單解開了原本應該深鎖的大門，熟門熟路地對每個設施位置瞭若指掌……更要緊的是，她說自己爬上去過，一副跟爬樓梯一樣容易的樣子。

這不是瘋子是什麼？

如果班上其他人知道楊予純做過這些事，應該會更怕她。俗話不是說「惹龍惹虎，千萬不要惹到蕭查某」嗎？不過，也有別種可能，比如她會吸收到像杜俊謙那種「粉絲」，畢竟從進入樂園以後，他對她的態度從半信半疑，逐漸變成了中二式的欣賞。要是日後這兩個人湊成了一對，相信會是非常有趣的組合。

又或者，楊予純和杜俊謙一樣喜歡誇大，只是她更高竿地用一副冷漠的模樣來包裝自己對目光的渴望。一旦拆穿她，她會比杜俊謙更加無地自容。

所以要怎麼證明楊予純是個瘋婆子，而不是「膨風」的騙子呢？

在我正準備開口詢問楊予純要不要再去爬一次軌道之前，她先開了口：「你們要過去看看嗎？」

「欸，王威，你敢爬嗎？」杜俊謙回頭看了王威廷一眼。

王威廷反問：「你敢喔？」

「人家女生都爬過了！」杜俊謙輕推楊予純，說：「欸，妳帶路，我們過去看看。」

楊予純帶我們穿過入口處外繞了幾圈的矮欄杆，那本來是設置給遊客排隊用的。接著是玻璃窗已經破損的機臺控制室，以及旁邊的平臺——以往排隊的盡頭，遊客會在這裡分成數組登上車廂。

現在平臺上挺糟的，有許多垃圾以及酒類、飲料的空瓶，甚至有燒過東西的痕跡。看來已經有許多人在這裡開過冒險大會了。

除卻這些，原本的車廂就停在平臺後方不遠處，似乎還是準備好隨時乘載遊客一般。不過，多年的棄置在它身上留下可怕的痕跡，處處都可見斑駁以及鏽蝕，原本鮮紅的外皮現在看起來像是失去血色的乾裂嘴脣。

「哇靠。」杜俊謙大叫一聲：「這是雲霄飛車還是垃圾堆啊？」

「看來還是有很多人偷跑來欸，一個個都不要命的。」王威廷說。

「因為還沒有遇到鬼啦！」

杜俊謙話還沒說完，整個人就像挖到寶一樣，頭也不回地往車廂那裡跑。然後，楊予純的警告才從身後傳來：「我建議不要跑去車廂……」

隨即，杜俊謙發出一陣比剛才更誇張的大叫，帶著點恐懼的意味。

「又怎樣了？」王威廷不耐地說。

「車廂裡面超髒的！」杜俊謙退開兩步，但視線還是在車廂裡：「幹！破爛椅墊、發霉便當、黑不拉嘰的積水，還有一堆我看不懂的髒東西……」

王威廷似乎也被杜俊謙的好奇心傳染了，他走向杜俊謙旁邊的車廂，腳才跨上去看了一眼，馬上就彈開來，露出噁心的表情：「媽的，這車廂裡有用過的套子！」

「靠……真的假的？為了省那幾百一千的摩鐵錢，跑到這種地方喔？」杜俊謙探頭過去看，然後說：「唉噁，真的欸，幹！噁心死了。」

「你們兩個一直說噁心，還站在那是怎樣？」我說。

「感受人類的奇葩和無可限量。」杜俊謙接口，帶著惡意的笑容。

「王威廷，你們回來啦！不要待在那啦！」謝俐君對著王威廷揮了揮手。

王威廷顯然對車廂裡的東西不再感興趣，他打算往回走，但杜俊謙叫住了他。

「欸，王威！」

看他的表情，大概又想到什麼餿主意了。

「幹麼啦？」王威廷白了他一眼。

「這樣就走有點可惜餒。」杜俊謙不懷好意地笑著：「我覺得我們也可以來搞點什麼！」

「搞你老師！」王威廷朝著他吼了一聲：「林北才不跟你搞基。」

「你才基，你全家都基！」杜俊謙回嘴：「你腦袋裡為什麼都裝這些東西啊？」

「怪我囉？是你自己看著一堆保險套然後說要搞點什麼！」

「我說可以玩點有趣的！」說完，杜俊謙立刻做出制止王威廷的手勢，又說：「STOP！死王威，你把你腦袋裡面什麼ＳＭ遊戲、多人轟趴的下流念頭給我收起來，老子要玩也是去找正妹，跟你這肌肉男有什麼搞頭？」

「你講了一堆，到底是要玩什麼？」我問。

杜俊謙興奮地說：「我們爬上軌道拍張合照吧。」

隨後，傳來大家異口同聲的回應：「才不要！」

這傢伙瘋起來，真是不要命的。

「欸，不要那麼膽小好不好，你們就只是想進來逛街嗎？」杜俊謙一臉不滿。

「我不是進來玩命的。」我說。

「楊予純都爬過了，她也是女生欸。」杜俊謙轉過頭問楊予純：「難不難爬？」

「不太好爬，但我是一個人爬的。」楊予純說。

「所以妳的意思就是，多一點人爬就不會那麼恐怖了吧！」杜俊謙對我們揮揮手，說：「快點啦！大家一起！」

「要爬你自己爬啦！」王威廷顯然不領情。

「算了，一個個都那麼沒膽。」杜俊謙拍了拍楊予純的肩膀：「我們不要理他們，妳帶路行不行？」

「重點是你行不行？」楊予純淡淡地應。

「我怎麼可能不行？」杜俊謙扯開嗓子，深怕沒人聽見似的：「我誰？我天不怕地不怕杜俊謙欸！」

我往後退了幾步，在平臺邊找到一處較乾淨的欄杆靠著，做好欣賞一場表演的準備。希望這一對不甘寂寞的瘋子可以好好表現，不然這黑不拉嘰的樂園裡還真的沒什麼有趣的。

我對杜俊謙說：「你相機要不要給我，我幫你拍吧？」

「才不要咧，你們都在那邊置身事外，我要自己拍。」

說完，杜俊謙就推著楊予純往前走了。

他們從車廂的前方不遠處踏上軌道，發出金屬碰撞的聲響。軌道看起來有半個人的身高那麼寬，最低的部分距離地面大約半層樓高，我不知道這樣算不算危險，反正在上面爬的人不是我。

「怎麼樣？」王威廷一直拿手電筒照著他們。

「根本沒怎樣好不好。」杜俊謙在鐵軌上跳了幾下：「我在上面跳街舞都沒事，就不知道你們在那裡怕什麼？」

「你等下摔下來就不要叫。」王威廷不以為然地說。

所有人的目光都集中在他們身上，我這時才發現楊予純的手腳挺俐落的。她走在杜俊謙前面，以熟練又穩定的步伐往前走，很快就與對方拉開了一小段距離。來到需要向上攀登的陡坡，她似乎也不怕沒人跟她一起走，臉不紅氣不喘的，看起來真的玩過這種「極限運動」。

好吧，是我誤會她了，她真的很瘋。

反倒是杜俊謙在她身後誇張地吼著：「欸，妳不要走那麼快，關心一下新手好不好？」

楊予純這才回過頭看了他一眼。

我很好奇她在想些什麼，包括她為什麼想要跟一群一點都不熟的人到廢棄樂園來，如果她向來習慣一個人走夜路的話。

不過照現在的情況來看，我想她是難得遇上「同好」吧。以前不說自己喜歡探險是因為怕被排擠，現在說出口是因為想要得到志同道合的朋友。

不過，最捧場的，也就只有杜俊謙而已。

等到杜俊謙跟上以後，兩個人就一前一後地開始爬上陡坡，那畫面看起來更加滑稽了。杜俊謙駝背往上攀爬，很像一隻正在馬戲表演的猴子，手腳俐落的楊予純就是準備向觀眾收錢的馴獸師。

我忍不住笑了出來。

「陳妙珊，妳笑什麼啦！」杜俊謙朝我吼一聲，「就知道在那邊看戲！」

「是你自己在那愛演的。」王威廷幫我喊了回去。

「你們就打算站在那邊喔？那有什麼好玩的？」杜俊謙又開始呼朋引伴了：「我都走到這了，沒什麼可怕的啊，你們確定不玩嗎？」

「妳有興趣？」王威廷回頭問我。

「王威，你不要像個娘娘腔一樣好不好！你是籃球隊長耶，手腳應該比我俐落啊！」杜俊謙說。

「你不要在那邊自以為，我只是不想爬，不是不敢爬！」王威廷連忙澄清。

「那你就來證明給陳妙珊看啊！」

我？

關我什麼事？

王威廷看起來很為難的樣子，一方面不想被自己的好朋友當懦夫，卻也不想讓我覺得他是個瘋狂的「中二」，因此進退兩難。

「不要理他啦！」謝俐君對王威廷說：「看起來亂危險的，你不要去。」

「我是不打算理他們……」

聽到謝俐君這麼一說，我的腦袋裡閃過一個念頭，突然很想幫王威廷「脫離」兩難的處境，於是，我打斷了他。

「欸，王威廷。」

「怎樣？」

「如果我上去，不小心摔了，你會拉住我吧？」我對他笑了笑。

「當然會啊！」他毫不遲疑地回完話以後，接著像是意會到什麼，以驚愕的眼神看著我：「妳不會想過去吧？」

「我不想像那兩個瘋子一樣，以爬上最高點為目標，但我這輩子還沒爬過雲霄飛車軌道，站上去感覺看看也不錯。」

「你確定？」

「還是你就像杜俊謙說的那樣，其實很害怕？」

王威廷漲紅了臉：「我才不怕！妳要去，我陪妳就是了！」

達到目的以後，我轉回頭看了看謝俐君，她的臉色不是很好，但與我四目相觸後，又很快回到原狀。我問她：「妳呢？妳去不去？不勉強。」

雖然很不情願，但謝俐君更怕的是落單，這也是她會和我走在一起的原因之一。所以她只能點點頭，故作無事地說：「你們都去了，我一個人在這也沒意思啊。」

該怎麼說呢？

我不喜歡被人猜透，當人們以為我會選A的時候，我就會在對A伸出手之前，突然轉移目標。看著眾人措手不及的目光，其實還挺有趣的。
尤其是當謝俐君以為能默默地站在王威廷身後，在自己的小劇場裡演一齣心酸酸的暗戀故事時，她的男主角就這麼被支開了。
那種想揍我又不能出手的感覺，一定很窩囊吧。
誰叫妳的男主角喜歡的是我呢？

※　※　※

爬上雲霄飛車的軌道，對大多數人來說，都是玩命的冒險，也並非每一個人都有勇氣嘗試，但對我來說，它的感覺就是少了點什麼。
因為雙手要空出來抓穩軌道，沒法拿手電筒，只能掛在脖子上。我無論怎麼調整，光源始終只能朝著腳下投射，以至於除了站在我前面的人以外，我看不太清楚周遭的環境，只知道自己是站在圓弧狀的金屬上。
我猜我天生就是感覺比較遲鈍的人吧，對很多事都感覺無趣，往往需要大一點的刺激，才能夠有點反應。就拿雲霄飛車來說好了，一定要坐在最前面的車廂，軌道的三百六十度旋轉越多越好，最好還能急速下降，像自由落體那樣，否則我就覺得那跟坐火車或是捷運沒什麼不同。

我不主動尋求刺激，畢竟我已經習慣了麻木又無感的生活，但如果刺激主動來找我，我多半不會拒絕——這也是為什麼，我會在晚自習的時間出現在頂樓的器材室，陪著另一個無聊的男人吃屎。

或是，大半夜還待在廢棄樂園的軌道上。

吭、吭、吭……

腳下的軌道因為我們這些「闖入者」的存在，發出了震動與碰撞聲。天知道這器材多久沒維護了，也許走到一半就硬生生地斷成兩截？

但似乎，沒人在意這問題。

目前的順序是這樣的：杜俊謙走在最前頭，因為他是始作俑者；再來是剛剛鼓起勇氣說會保護我的王威廷，接下來是我、謝俐君；原本走在杜俊謙前面的楊予純，在我們三個人也加入之後，主動說要走到最後頭。

這個決定讓謝俐君不是太高興，本來是她先說要走最後一個的——這種做事不夠光明磊落、喜歡在心底玩小劇場的女人，向來會鬼鬼祟祟地選擇不被人看見的位置。

喔，我差點忘了，反正她也無法走在王威廷後頭。

但是，楊予純跟謝俐君說，走在最後面的最危險，因為一旦發生意外，前面的人可能都沒注意到，仍自顧自地往前走。謝俐君聽完以後，才不情願地讓楊予純走在她身後。

我們已經走了多久呢？我只知道以上升的坡度走了一段時間，即便杜俊謙曾經有拿起手電筒往出發的地方照過去，但能見度實在有限，大概只能看見我們身後約略十公尺左右的地方。

不一會兒，杜俊謙暫時停下腳步，轉頭對我們說：「各位，上坡路段已經結束，接下來請大家做好心理準備！」

「要往下衝了嗎？」王威廷問。

「是的。」杜俊謙說：「而且滿斜的，不太好走喔！」

王威廷回頭看我，說：「妳行不行？」

我笑了，說：「你行我就行啊，反正你會拉住我不是嗎？」

不知道我身後的謝俐君，現在是什麼表情？

「喔！進展這麼快喔？」杜俊謙又開始八卦了：「王威，真有你的，懂得運用機會使出英雄救美這招！」

「你不要吵！」王威廷制止了他。

「沒有啊，我怕會抓不穩，所以要王威廷注意我們一下。」我淡淡地說：「就這樣啊。」

「喔，這樣喔！」杜俊謙的目光移向我，說：「我說你們兩個要這樣曖昧到什麼時候？不趁這個機會說明白嗎？萬一摔下去可就沒機會了喔！」

「你不要烏鴉嘴！」王威廷吼著。

「喂，走不走啊？卡在這裡不上下不的，要繼續還是回去，決定一下啊！」楊予純的聲音從身後傳來。

「當然要走啦！」杜俊謙的注意力轉回眼前的軌道上，說：「那我要往下走囉，你們跟好！」

杜俊謙轉過身，小心翼翼地踏出步伐。

突然，有個不明物擦過我的小腿，我因驚嚇而重心不穩，整個人朝王威廷壓了過去。

※　※　※

我的雙手撞在冰冷的軌道上，接著便是一陣慘烈的叫聲。

掛在脖子上的手電筒，為我照亮了眼前正在發生的事：王威廷不知怎麼了，竟從軌道上摔了下去。

磅！

他撞到了下方的軌道，發出極大的聲響，就連我的腳下似乎都能感受到震動。接著，便是一聲悶悶的響音，他趴臥在地面上，一動也不動了。

「幹……他為什麼會摔下去？」杜俊謙亂了套，一臉慌張的樣子。

我這才意識到，似乎是我往前頓了一下，才會撞到王威廷，肇因是身後有人朝我扔東西。我回過頭去，接觸到的是謝俐君不知所措的目光，而楊予純離得有點遠，看不太清楚她的表情。

「妳剛剛是不是拿東西丟我？」我問謝俐君。

「沒有，我什麼都沒做。」她拚命搖頭，急忙說：「就看到妳突然往前倒，王威廷就掉下去了。」

「陳妙珊，妳推的？」杜俊謙以指責的目光望向我。

「我不是故意的！」我說：「是因為有人拿東西丟我！」

謝俐君回頭對楊予純說：「妳有丟東西嗎？」

「沒有，我剛剛停下來觀察旁邊，沒看見你們怎麼了。」楊予純淡淡地說。

「反正妳們其中一個朝我丟東西，誰都不承認。」我瞪著身後兩個女孩。

「現在講這些有什麼用？」杜俊謙氣極敗壞地說：「人掉下去了，誰要負責？」

我愣愣看著趴在地面上的王威廷，該不會……？

腦袋瞬間空白。

「先下去看看吧！」

楊予純說完，便用她極俐落的身手往回走。

我的腦海歷經了一段時間的空白以後，開始意識到恐懼的感覺。

我殺了人嗎？

是我的錯嗎？

怎麼辦？

「還愣著幹麼，走啊！」杜俊謙的聲音打斷我的思緒。

我已經不知道我是怎麼走回去的，思路除了「怎麼辦」之外，已無多餘空間去處理其他問題，直到我們找到王威廷。

他像一盤砸在地面上的草莓派。

由於是臉部先撞擊地面，又撞上一顆大石頭，幾乎無法透過五官確認他就是王威廷，四肢也扭曲成極度詭異的狀態，再來便是……一灘擴散的濁血。

死了！

他死了，我也死定了！

我雙腿一軟，跌坐在地上，謝俐君則是發出尖銳的叫聲。

「不關我的事！」杜俊謙一臉驚恐，急著撇清責任：「我走在他前面，不可能是我做的！妳們自己負責。」

「我什麼都沒做！」謝俐君也跟著叫著：「是陳妙珊推的！是她推的！」

「我不管，反正你們自己看著辦！」杜俊謙說。

我停頓了一會，卻沒有像他們一樣怒吼的力氣，我瞪著謝俐君，冷冷地說：「妳打算全推在我身上就對了？」

「妳有證據說我丟妳東西嗎？」謝俐君以一副張牙舞爪的姿態對我說：「但我看到妳把他推下去了！」

「陳妙珊，這是妳搞的，妳自己想辦法處理。」杜俊謙說。

「我就說了不是……」我話還沒說完，就被謝俐君打斷。

「不關我的事，少在那邊誣賴我！」

丟下這句話以後，謝俐君就轉身向前跑走。

「喂，謝俐君，妳想去哪裡？」

杜俊謙追上去之前，謝俐君已經被楊予純攔下。

「妳以為跑走就沒妳的事了嗎？」楊予純冷冷地回應，但似乎對眼前的一條人命並不害怕的樣子。

「關我什麼事啊，又不是我做的！」謝俐君試圖掙扎，模樣也越發歇斯底里。

「那妳打算怎樣？跑出去報警，說陳妙珊殺人？」楊予純說，「那妳要怎麼解釋妳為什麼會在廢棄樂園裡，並且證明妳不是共犯？妳以為大家不會供出妳嗎？」

楊予純以毫無表情的面容拋出一個個問題後，我和謝俐君都愣住了。

突然之間，原本讓我感到無聊的黑暗，帶來了極大的恐懼。

一直以來，我都不怕黑暗。

在我的認知裡，有許多能成為動力的誘因，都藏在沒有光線的空間裡。也因為它們不能成為每日常態，才會特別有無法抗拒的吸引力，比如在漆黑的器材室與狗改不了吃屎的男教師一起「運動」，甚或是陪同一群沒有人生目標的青少年，出現在深夜的廢棄樂園裡。

但若我今夜就繼續留在器材室，或者約其他乾爹一起出來搞個「多人運動之夜」，一切意外都不會發生，我也不會陷入這未曾有過的恐懼裡。

我一直都以為，自己很懂得在黑暗中生存的法則，流言蜚語裡的我可能惡行惡狀，但從來都沒有人能拿出實際證據揭穿我。但是我忘記了，在黑暗之中潛行，除了不能留下蹤跡之外，更重要的是，不犯蠢。

我居然犯蠢殺了一個人。

埋藏於黑暗之中的樂趣不復存在，楊予純的話提醒了我，在場沒有一個是可以信任的人，我們也不再是朋友。

在王威廷墜落以前，除了楊予純，我會毫不考慮地說，今晚跟我一起來找樂子的人全都是朋友。當王威廷變成一灘血肉模糊以後，我所關注的並不是失去了朋友，而是我個人的安危。

誰死在黑暗裡都無所謂，絕對不能是我自己。

以現在的局面來說，王威廷的死一旦傳出去，我們四個都脫不了關係，但我處在最劣勢。因為謝俐君那三八一直大聲嚷著是我把人推下去的，所以到時候這三個人幾乎都會先把槍口對向我。

為避免孤軍奮戰，我至少得拉攏一個人過來。

我迅速評估了眼前的三人。

謝俐君是最難收買的，畢竟她目前正和我互推責任，再加上她喜歡的王威廷已經死了，她更沒有理由跟我維持表面的和平；楊予純是最陌生的，姑且先不論她當初基於什麼理由，決定當這一場探險的「導遊」，光是我對她的「底」掌握得不夠多，就足夠把遊說結果的不穩定性開到最高了。

所以，要從這三人裡面選一個好說服的，就只剩下杜俊謙。

「反正，如果真的被查出我今晚在這，我會說這一切都與我無關，而且謝俐君最先想跑走，最有可能是做賊心虛。」此時，杜俊謙以充滿戒備的眼神望著我們。

是個機會。

「杜俊謙，你聽我說，我覺得這不太對勁。」我將語調放緩，試圖平靜地對杜俊謙說：「我覺得我是被陷害的，而且你差點也有危險。」

「什麼？」

「你想想看，如果王威廷沒有掉下來，他像我一樣，只是往前摔，那會發生什麼事？」

「我在他前面，他往前摔就會推倒我，那……」說到這裡，杜俊謙的臉色更難看了，他說：「現在死掉的人可能是我！」

「我有什麼理由要推王威廷呢？你一直都知道王威廷喜歡我吧？」

「他喜不喜歡妳和這件事有什麼關係？」杜俊謙不解地看著我：「就算

妳看出來了，妳也從來沒有對他表示啊！」

「我沒有表示，是因為我不想背叛謝俐君。」

「妳在說什麼啊？」謝俐君聽了我的話以後，立刻衝上前推了我一把：「陳妙珊，妳夠了喔！」

「謝俐君，妳做得太過分了，我不能再幫妳了。」說完以後，我轉向杜俊謙，「我知道謝俐君喜歡王威廷，她會一直跟著我也是這個理由，這樣就有很多機會可以接觸王威廷。我只是想……既然她喜歡的話，就不要爭什麼，也幫她製造很多機會，所以你們的邀約我大多都會參加，包括今天也是……」

「陳妙珊，妳少在那邊裝可憐！」謝俐君對我吼著，她整張臉都紅了。

「所以，妳一直都知道謝俐君喜歡王威？」杜俊謙問我。

「對啊，但我怎麼能明說？」我答。

杜俊謙突然一愣，直直盯著我：「幹！陳妙珊，妳為什麼想的跟我一樣啊？」

謝俐君的答案不足為奇，杜俊謙的說法竟讓我感到意外，如果不是身在這樣的境地，也許我會找到另一番趣味。但現在不是遊戲的時候，我的目的是要讓杜俊謙站在我這邊，照這個回應看來，已經成功大半了。

「杜俊謙，你……」

「我其實一直對妳……但我這個樣子，要怎麼跟王威廷比啊？不如不要獻醜，當個好兄弟，想辦法幫他約妳，假裝自己一點都不在意……」杜俊謙難得沒了那一臉浮誇的戲謔神情。

行了，我就快要成功了。

我盡我所能地對杜俊謙投以誠懇的表情，並在眼眶中含了幾滴眼淚：「所以，你可以懂我的想法吧？我完全沒有理由要害王威廷，剛剛我也不想上鐵軌，是想說可以製造機會讓王威廷保護謝俐君，但我想這讓謝俐君誤會了，她以為我是要跟她搶……」

「陳妙珊，妳不要太過分了，剛剛妳是叫王威廷保護妳的……」謝俐君吼著。

「我根本沒有那麼說啊，是王威廷說有危險的話，他會拉住我！」我矢口否認，反正死無對證。

「所以陳妙珊妳的意思是，謝俐君故意拿東西丟妳？」杜俊謙皺著眉。

「我不能確定，因為我看不見後面的兩個人。」我解釋：「但楊予純沒有理由設計我，我們根本不熟。所以我想，是謝俐君很生氣，才拿東西丟我，原本可能是想整我、報復我，只是沒想到我會不小心把王威廷推下去。」

「真正的問題是謝俐君？」

看杜俊謙的表情，應該是有幾成相信我的話了。

「陳妙珊，妳不要做賊的喊捉賊！」謝俐君一臉委屈，被我氣哭了，氣急敗壞地喊著：「妳根本就沒有幫過我！知道我喜歡王威廷，還故意在他面前搞曖昧給我看，妳就只是想沉溺在被關注的爽感裡。裝什麼可憐？裝什麼清純？妳以為妳跟英文老師，還有妳那些乾爹的事，就沒人知道嗎？」

我愣了一下。

這婊子是什麼時候發現的？她偷看過我的手機？

「英文老師？什麼乾爹？」杜俊謙瞪大了眼，「班上的傳言是真的？」

算了。

與其去想根源，現在比較重要的是見招拆招。

國中的時候我也曾被同學發現和某個乾爹一起到飯店開房間，我用了點伎倆就把一切都推到她身上，讓她成為被攻擊的對象，而我一點事都沒有。

關於我與哪些男人過從甚密，流言都傳了，但從沒有人能拿出證據，所以我正好可以當成反咬謝俐君一口的理由。

「謝俐君，王威廷不喜歡妳，不是我的錯，我無法控制他的想法，但妳不能因為他喜歡我，就這樣誣蔑我，很不公平！我把妳當朋友，妳卻這樣對我，跟班上那些亂說話的大嘴巴有什麼不同？」

空氣又沉默了下來。

每個人都在思考要如何合理化自己，也在判斷誰才是能夠信任的人。不久之後，一直沒有開口說話的楊予純出聲了。

「你們中二式的八點檔演完了沒？現在證明誰很清高、誰在算計，對事情一點幫助都沒有，這不是道德審判大會，而是死了一個人。」楊予純冷冷地說：「我們每一個人，都希望自己不要受牽連，這代表什麼？我們都會為了自保，出賣其他三個人。那要怎麼做，才不會有機會被出賣？就是我們現在得合作，把屍體處理掉，擬好一套說法，這樣誰都有誰的把柄，就不會有人說出去。」

「妳打算怎麼做？」我問。

「我們沒有工具，而且這裡太黑也太危險，如果把他的屍體埋在這裡，難保不會被其他闖進來的人發現。」她的反應冷靜到異常：「我有一些想法，但我要你們幫忙，我一個人沒辦法。」

「等等……」我望向她，雖然她一向都是一副冷冷的神情，但那目光現在看起來特別可怕。我問：「妳為什麼可以這麼冷靜？」

「像你們一樣慌亂，可以解決問題嗎？」

她的話雖然有理，但這畢竟不是在學校裡出了包，再怎麼嚴重就是記過了事，這是死了一個人！她為什麼可以平靜且熟練地提出問題和方法，彷彿她殺過人一樣。

她該不會，真的殺過人吧？

我還沒繼續提出始終難消的疑慮，杜俊謙就接了口：「楊予純，妳先說妳有什麼辦法。」

「我需要一個人跟我一起把屍體搬到樂園外面，最好是丟到海裡；剩下的人，要想辦法去找並且拖住那兩個一起進來的大學生，不要讓她們發現我們。」楊予純簡單地說完她的計畫，又問：「所以，你們怎麼分工？」

腦裡紛亂得很，我不知道怎麼做才是最好的。

唯一清楚的念頭是我想全身而退，我要離開這裡，當作今晚的一切都沒有發生過。

看來只能先照著楊予純的話去做了。

我該負責哪個部分？

應該要跟楊予純一起去搬屍體。

王威廷算是我推下去的，所以就算我不說，杜俊謙和謝俐君一定會要我去處理屍體。

更大的重點是，我得知道楊予純怎麼處理屍體，才能有後續的應對方法。

可是，如果謝俐君那三八不在我的眼皮底下，難保她不會在杜俊謙面前作怪，那麼我剛剛苦口婆心的收買就都白費了。

「喂，說話啊，現在沒有時間讓你們仔細考慮，搞清楚狀況好嗎？」楊予純催促著：「等到被其他人發現，就什麼也做不了了。」

快點做決定啊，陳妙珊！

不想死的話，還想舒舒服服不花大腦活著的話，現在就得動腦子。

突然，耳邊傳來謝俐君的嘶吼。

「我才不要參加毀屍滅跡的行動，這本來就不關我的事！」

說完，她衝向一旁幽暗的樹叢，身影逐漸模糊。我直覺地想追，但實在太暗，轉眼就不見她的蹤影。

「陳妙珊，妳去追吧！」杜俊謙對我說：「如果我們每一個人都跑不掉的話，妳跟她比較熟，妳知道要怎麼說服她，不要讓她搞砸一切。」

杜俊謙是在幫我嗎？

不，這個時候往好處想是沒用的。

看著眼前一片未知的黑暗，杜俊謙更可能是不想一個人行動，才會把這個「任務」丟給我。

「決定好了是嗎？」楊予純說：「陳妙珊妳記得，先找到那兩個大學生，一定要拖住她們，然後一個小時後回來集合。」

然後——

轉身以後，只剩下足以將人吞食的耳鳴聲。

第五回　楊予純——關於情緒那種礙事的東西

活著的經驗告訴我，
情緒，是解決不了問題的。
很多時候，它甚至很礙事，會奪去理智判斷的精準度，
一旦讓它成為個體的主宰，一切就會失去控制。

陳妙珊問我為什麼可以這麼冷靜？

活著的經驗告訴我，情緒，是解決不了問題的。很多時候，它甚至很礙事，會奪去理智判斷的精準度，一旦讓它成為個體的主宰，一切就會失去控制。

最後，我甚至連日常生活的應對，都不太會有情緒了。

至於起點在哪呢？

可能是比起一般人，我的成長背景算特殊。

我爸媽在我兩三歲的時候就被仇家追殺過世了，我幾乎沒什麼印象，後來把我養大的，是我媽的結拜姊妹。

據說我媽和我養母在年少時期就約定了，只要哪一方出了意外先離世，剩下的那人就要負責對方的身後事。

這個約定的源頭來自於，她們都是活在險境裡的人——從年少時就在賭場裡走闖，是那裡的樁腳。簡單來說，就是幫老闆維持賭桌上的收支平衡：當某個賭客憑運氣或本事，贏走過多的籌碼時，她們就會出現，用各種謀生技能把對方手上的錢再拿回來。有時候，也會趁人不注意時敲開賭客的車，把值錢的東西搜括起來，再和老闆拆成分帳。

從我有記憶開始，就跟著養母一起生活，她很早就向我坦白，我並非她的親生女兒。她一直都是獨身一人，沒有太過親近的朋友，也沒有所謂的伴侶。她跟我說過，像她這種人，沒有能力為別人的人生負責或承諾，要不是跟我母親有約定，她也根本不會有孩子，因為她清楚自己沒有成為母親的本事。

從事見不得光的「工作」，本來就容易樹立敵人，只能躲躲藏藏地低調度日，被尋仇追殺也是意料之中的事。不過我曾經很不懂，我媽既然知道自己身在那種環境裡，為什麼要有孩子？否則，我也不需要這麼莫名其妙地活著了。

「妳媽什麼都好，手腳比我俐落，也比我更會騙人，只可惜，她人生犯了兩次蠢，一次是明明知道碰不起，還硬要去闖的愛情，所以有了妳；一次是為了去救那個沒用的男人，連自己的命都沒了。」她跟我說這些話的時候，好似在責怪我媽不應該那麼蠢，神情又有著一絲惋惜：「但從她離開之後，這世界上也沒什麼能讓我信任的人了。」

我只有在照片裡看過我媽的樣子：她和我養母穿著中學制服，兩人的樣貌都很清秀，並且笑得燦爛。

只是她後來變成什麼樣子？也許，可以從我養母身上找到一些影子——照片裡清秀的樣貌變得非常豔麗，總是化著極濃的妝容，加上一頭具有光澤感的波浪長髮，據她所說，這是能夠讓男人放下戒心的樣子。沒有工作時，她總是會坐在陽臺前抽著菸，有時候一面數著鈔票，有時候只是低頭沉思著。

在那幽幽的目光裡，可曾想起過我媽？

我沒有問過她這個問題，因為我知道，就算說再多，我媽也不可能再回來。就算不問，答案也很明顯吧，畢竟她甚至沒有改動我媽幫我取的名字——楊淨。

至於我後來為什麼又會變成「楊予純」，那就是另外一個故事了。

每次我看著自己的名字，總有點啼笑皆非。我媽這樣一個生活不單純的女人，對我的期望竟然是「淨」嗎？於是，在某種程度上，我似乎成了我媽和我養母僅存的聯繫，以及對於「純淨」的渴望。

單純的活著終究是個夢，因為我是被早早看透人生現實，甚至是逼人面對現實與險惡的女人帶大的。

養母總是說，活著不是件容易的事，寧可騙人也不要被人所騙，所以她把所有的生存技能毫無保留地教給了我。因此，我在學齡前學會的，並不是堆積木或拼拼圖，而是開鎖或神不知鬼不覺地摸走別人口袋裡的東西；我在進入小學前所擁有的先備知識並不是注音符號或九九乘法表，而是如何算麻將臺數和各種撲克牌遊戲的玩法。

不能有太多情緒，是我在過程中發現的關鍵。做任何事之前，如果太過於擔心、不安，甚或顧及對方的感受，就會嚴重影響判斷力和行動力。關於這件事，我理出一個結論：只要先確認自己的目標是什麼，朝著那前進就是了，其他的東西都是次要的。

事實上，只要在賭場和類似的環境裡待過一陣子，就會知道賭桌上的賭本可能是被盜用的公款、準備給孩子的教育基金……每一個人都貪婪地想要更多，想用一副牌、一局遊戲搏得一步登天的可能。看過那些成年人為了利益不擇手段的嘴臉後，對他們被奪去一切之後而痛哭的模樣，也慢慢不會感到惋惜了。

後來我發現，不要有太多情緒對生活是很有幫助的，如果我對任何事情都太過在意感受，或者延伸太多無關緊要的問題，最後我就會懷疑自己為什麼要這樣活著，而我的存在，從頭到尾都是意外，而非必然：我媽意外地有了我，又因意外離開了我……只剩下我一個，但原本我可能是最不該留下來的。

那樣的糾結是沒有意義的。

雖然養母的生活方式和一般人不同，若以學校裡學會的價值觀做為標準，她必定會被歸類為社會最底層的人，況且她並不是游走在法律邊緣，而是直接穿越法律。不過，若我要自視甚低，或是提心吊膽過日子，只是在自找麻煩。因為她給了我遮風蔽雨的地方，並且讓我三餐溫飽，對於本該是孤兒的我來說，沒有什麼好不滿足的。

在我開始上學以後，養母在我的學籍資料表上登記的職業是「自由工作者」，也極少出現在校園裡。我從小就習慣獨來獨往，沒有什麼交朋友的欲望，所以不太需要家世背景做為社交話題。通常我被排擠，都是因為我不理人，並不是因為我養母的工作。

我也不太有機會被問及家世背景，除了我個性沉默寡言，不喜親人之外，我在求學時期幾乎不曾在哪一所學校待超過一個學期。原因很簡單，養母「工作」的地方是非法的，多半都是臨時據點，一段時間就會換地方，到了這個時候，我自然也就跟著她的去處而轉學。所以，我常常連班上同學的名字都不記得，就又到轉學的日子了，更別說要認識多深、談及家裡的問題了。

只是國二的時候，我在學校發生了一場意外，導致養母的行蹤曝光，最後，她走向跟我媽一樣的結局。

我還記得那天放學前，她發了個訊息告訴我，要我別太早回家。根據經驗，多半是合作的夥伴來找她談事情，所以我就在外面晃了一個晚上，但當我回到家，迎接我的是養母冰冷的屍體。

面對衝擊，我突然意識到無論有再多的感受，養母都不可能再活過來，就像我媽一樣。所以我的目標不該專注在情緒上，還有很多事等著我去做。於是我掙扎地從谷底爬出，將養母的屍體處理好，把屋內的一切恢復原狀，並開始思考獨自一人的我，日後該如何活下去。

我沒有報警，是一樣的原因，就算抓到凶手，我的人生也回不去了。

總之，因為這些經歷，要我在廢棄樂園裡處理一具對我來說無足輕重的屍體，並不是太困難的事。

※　※　※

我習慣讓所有計畫都有點彈性，也不一定要完全遵循。把所有流程都想得太仔細，就只能有一套方法，一旦出現意外或轉折，反而會措手不及。所以，只要有個大概就好，再順著眼前的狀況隨時切換方案，我常常都是邊走邊想方法。

我原本是想把王威廷丟下海，在陳妙珊按照分工出發去找謝俐君之前，我也是這麼跟她說的，但我後來並沒有照著做。

我和杜俊謙從員工辦公室裡找到推車後，一前一後地拖著王威廷的屍體往樂園外走時，幾個念頭突然快速閃過腦海：其一是，若在沒有任何準備的情況下就把屍體丟下海，過幾天應該就會浮上海面了；其二是……我有更好的方法。

我突然停下腳步。

「怎樣？」杜俊謙慌亂地看著我，「有人？」

我們已經用外套把王威廷的身體都蓋起來，還在上面放了幾個裝著工具的紙箱。我也和杜俊謙交代過，真不小心遇到有人，就說我們的車在樂園外拋錨了，才會進來找可以修理的工具。我也挑了比較隱密的地方走，但一路上杜俊謙還是戰戰兢兢的。

也是，這晚發生的事遠遠超出一般人能控制的範圍，會慌也是正常。

我不慌嗎？

可能有吧，畢竟這是我第一次搞了這麼大的事。但我謹記著「不能讓情緒礙事」的金科玉律，所以，更重要的是把眼下這車東西給處理好。

「沒有，你先回去，盡量把軌道那裡的血跡清乾淨。」我說。

「啊？」他不解地看著我，「妳不是說要丟下海？」

「我有別的想法。」

定。」

「什麼？」

「等一下再跟你解釋。」我將他推開，獨自握著推車的把手，「我會搞

他以懷疑的眼神看著我：「妳該不會要落跑吧？」

「這主意好像不錯，反正本來就不是我的事？」

他似乎沒料到我會這麼回答，瞪大了眼睛。

不是老是很中二地覺得自己可以挑戰全世界的恐怖關卡嗎？現在這副

嚇得就快要尿褲子的模樣是怎麼回事？

「不要這麼白痴好嗎？我如果要走，王威廷掛掉的時候，我就可以丟下

你們。」我不耐煩地說：「現在你連幾分鐘都不能等？」

我沒等他回應，推著推車繼續往前走。

「死了一個人耶，妳為什麼一點都不在意？」他的聲音從我身後傳來。

我當然知道死了人。

真要追究的話，也有一部分的原因是我造成的。

但是，我並沒有讓人死而復生的能力，就算我以死謝罪也沒什麼用，

如同我曾經被毀掉的人生。所以，唯一能做的就是，專注地想著一開始想要完成的目標。

我走向樂園外停靠的車輛，是入園前遇上的兩個女大學生駕駛的車輛。從外觀來看，車齡大約有十多年了，憑我以前在養母那學到的本事，應該能處理……

我繞到車輛後方，拿出隨身攜帶的工具，沒花多久時間，後車箱的蓋子就打開了。裡面除了一些雜物之外，還有幾袋裝著旅行用品和衣物的行李，應該是想趁著春假出去旅遊吧，但很抱歉，我要稍稍地幫妳們改一下行程了。

我將那些行李和雜物清到車外，隨後把屍體搬上車廂。

唔，比我想像中沉重，再加上王威廷的體重本來就不輕。

遠遠地，我聽到腳步聲，立即反射性地躲在旁邊的樹下。燈光照在那人臉上——是一臉驚恐的杜俊謙。

「我不是要你回去清血跡嗎？」

「我不能相信妳，所以還是跟過來看妳怎麼做。」他說話時不停地顫抖，我想他已經快到極限了。他又說：「為什麼要把屍體放在這？」

「與其問我這種沒意義的問題，不如幫我把屍體搬上去。」

說完，我便走回車子後方。

「這是那兩個女大生的車！她們會發現的！」

「用點腦子。你不是玩了很多電玩嗎？想想看，如果那兩個女生是敵人，她們會怎麼做？」

「我……不知道。」

「她們發現屍體之後，一定會去報警，也會把我們供出來。但是，我們只要先做好不在場證明，說王威廷自己脫隊了，沒有跟我們在一起，就可以把殺人嫌疑丟給她們，畢竟屍體在她們車上。」

「……但，既然她們會報警，為什麼要讓她們有機會發現屍體？」杜俊謙仍然一臉不安：「直接丟下海不好嗎？」

「我沒有時間跟力氣在他身上綁石頭或重物，所以丟他下海，他可能過幾天就浮上來了，到時候也會被發現。」我用最後一絲耐性解釋著：「而且，過兩天王威廷他爸媽發現兒子不見了，也會去報警吧？萬一還是查到那兩個女學生身上怎麼辦？她們知道我們幾個是在一起的。」

「可是……」

我的耐心再次被他耗盡。

「除非你能想出更好的方法，不然就閉上嘴。」我冷冷地瞪著他：「我已經講過三百萬次了，現在有什麼比你的安全還重要的事？」

杜俊謙還想說什麼，但又自知理虧，只能愣愣地看著我。

「現在，可以幫我把屍體搬進去了嗎？」

杜俊謙用盡最後一絲力氣，和我一起把王威廷的屍體擺進後車箱。我將屍體盡可能推到空間底部，再將原本的行李和雜物堆放在前面，才把車廂蓋蓋上。

鬆開手以後，杜俊謙再也克制不住，跌坐在地上痛哭起來。

「我真的沒辦法了……我……」

知道了吧，世界上有許多事，不是光憑中二的自以為是就能解決的。

不過我擔心這個做什麼呢？這又不是我的人生。

我低頭看了看手錶，還有一點時間，就順便撬開車門，習慣性地找找有什麼值錢的東西。可惜，兩個女大學生的破車，只有幾個零錢和一堆沒用的旅行指南。不過在這過程中，我發現另外一件事——煞車踏板不太對勁。

但是，我只會開車門，不會修車。這點，幫不上什麼忙了。

就算今天我沒有對她們的車動手腳，她們的旅行也註定無法走到終點。

雖然說見死不救是一種惡，但我需要伸出援手的善嗎？她們很重要嗎？

我走下車，關上車門後，杜俊謙還像個幼稚園的小孩坐在那裡哭著。

「你哭完沒？可以回去了嗎？」

「我……我……」他哭得上氣不接下氣，連話都說不清楚。

「如果說不出話……」我說：「接下來你也閉上嘴，別和陳妙珊他們多嘴。」

「為……為……什麼？」

「陳妙珊若知道你是怎麼棄屍的，難保她到時候不會為了自保而出賣你，這還要我跟你解釋嗎？」我低頭看了看手錶：「時間差不多了，回去找他們吧。」

我看著身後的一片黑暗，不知道陳妙珊那裡處理得怎樣了？

看過杜俊謙那副要生要死的模樣以後，我想，不必抱太大的期望。

也許她什麼也沒做，只是躲在哪個角落裡痛哭。

謝謝妳
還活著

第六回　陳妙珊——到底誰才是低等的女人？

讓人厭惡的是，
就算再瞧不起、拚命恥笑像謝俐君這種一無所用的女人，
也沒辦法防止她在背地裡捅我一刀。

這樣的安排真是讓人不爽，
就算要鬥，能不能也給個像樣的對手？

以謝俐君的膽子，加上她對這裡的地形一無所知，不可能走得多遠。比起逃出樂園後報警，她更有可能縮在某個角落不知所措地愣著。

但知道這些又能如何？我的狀況也好不到哪裡去。

我也不熟環境，能仰賴的東西只剩下一支手電筒。唯一比謝俐君占優勢的是，想要全身而退的念頭遠遠大過於恐懼，才能勉強踏出步伐。

楊予純說一小時之後回到雲霄飛車集合，天曉得我該怎麼走回去？儘管我已經盡可能在沿途走過的地方留下記號了。平常從沒記得課本裡半個字的我，現在居然要記住廢棄樂園裡的一景一物，想想也是滿可笑的。

因為沒辦法有計畫，我只能暫時決定，先找到謝俐君的話，就想辦法說服她；若先遇到那兩個大學生，就試著拖住她們。我告訴自己，只要一個小時，再忍耐一個小時，一切都會結束。

向前走了約略五分鐘以後，我被地面上某個人形的物體嚇了一大跳。近看後才發現，那原本是個人魚塑像，但不確定是經過人為破壞或歲月侵蝕，除了臉部以外，其他都像是被分屍般四分五裂。即便是完整的臉部也沒好到哪裡去，塗裝的部分都已斑駁，就像拿蟾蜍皮當臉皮的蒼老女巫，眼部還淌著帶著鏽痕的紅色。

研究這個既破碎又沒有生命的塑像對我的安全沒絲毫幫助，我只能提起手上的燈光，繼續找出是否有「活人」的可能。

燈光先是聚焦在前方的建築物上，我稍稍收回手，將手電筒移向不遠處的路牌，上頭的字跡雖然模糊，還是能勉強辨識內容：「童話國度餐廳與購物中心」。

本該是很歡樂的地方，現在大概只有鬼故事或是謀殺案才會在這取景了吧。

謀殺案？

可惡，王威廷不是我殺的。

真要算謀殺的話，也絕對是謝俐君那死三八的低級計謀。

讓人更厭惡的是，就算再瞧不起、拚命地恥笑像謝俐君這種一無所用的女人，也沒辦法防止她在背地裡捅我一刀。

這樣的安排真是讓人不爽，就算要鬥，能不能也給個像樣的對手？

我思索著下一步該怎麼走。四周的黑暗暗示我無需久留，畢竟，眼前的建築物裡若有人，應該有手電筒的亮光才對，不然要怎麼走路？

正當我轉身準備去其他地方找人時，建築物內部突然傳來隱隱約約的哭聲。

誰？

我轉回頭，仍然是漆黑一片。

循著聲音走過去，首先擋在我面前的，是建築物的大門。玻璃門雖然完整，但布滿不明的汙垢，無法看清室內的狀況，門把上也被掛上鐵鍊，再以一個大大的喇叭鎖鎖上。

這已經是我今晚第幾次想起「我以為這輩子絕對不會做這種事」的念頭？當我又這麼想的時候，我還是無法逃離這個不是正常人該來的陰森鬼屋，只能繼續找出聲音來源。

我寧可最後找到的是意外在這裡喪生的幽魂，也不要是活生生的人類。至少我長這麼大，都還沒有被鬼害過，搞我的都是人。

我走向建築物的左側，那裡原本應該是為了採光設計，並吸引外頭遊客的注意，所以設置了一長排落地窗。

喀嚓。

什麼薄片物被我踩碎的聲音。

拿起手電筒一照，是幾片玻璃碎片。再順著它們可能的來源望去，其中的一扇落地窗已經破損，破裂的形狀看起來很像極地裡的冰柱。

我探頭往屋內一看，感知的第一個變化並不是來自視覺，而是嗅覺：一股陳腐的霉味撲鼻而來，讓我忍不住皺起眉頭。

方才停頓片刻的哭聲，又再次傳來。

我小心翼翼地跨過那些玻璃碎片，走入室內。

空無一物的貨架、桌椅四處散倒，看來已經被先闖入的人破壞過，地上也有大量的垃圾、空酒罐，以及不知名的塗鴉。唯一看起來好些的，是原本用來點餐的櫃檯，雖然上頭的食物展示照已經泛黃且發霉，看起來讓人一點食慾都沒有，但至少沒有那麼杯盤狼藉。

哭聲的來源也來自那裡。

到底是人還是鬼？我一路走過來，一定有發出聲響，還帶著手電筒，難道對方都沒注意到有人闖入嗎？

又或者，是為了請君入甕？

我一邊防備著，一邊往櫃檯內望去。

看到抱膝蹲坐在角落的女孩之後，恐懼消失了，取而代之的是憤怒與嘲諷。

和我穿著一樣制服的，不會是別人，更不會是鬼。

謝俐君。

我發出一聲冷哼後，說：「逃到這種鳥不生蛋的地方，就能解決問題嗎？」

謝俐君驚愕地抬起頭，見到我以後，轉為厭惡的表情：「我不想看到妳。」

「妳以為我就想看到妳嗎？」我說：「但我至少要平安地逃離這裡，才能過上不再和妳有交集的生活，難道妳就沒有想過嗎？」

「妳到現在以為還能安穩度日嗎？」謝俐君對我喊著：「也不想想是誰造成的？」

看著謝俐君可憐兮兮的蠢樣，我突然想起我媽。

聲音往往都很大，怪別人的不是、嘆命運的不公、哭喊處境的艱難，但就僅此而已，沒有下一步動作。就像看見下大雨了，只是張著嘴抱怨，卻遲遲不撐起雨傘。

明明知道和我爸之間只剩下法律上的關係，兩人沒有共同話題、目標、價值觀，難以維繫感情；也知道我爸聲稱加班的晚上，都是與其他女人打得火熱……面對這樣的處境，她要不是無奈地感嘆因為有我的存在，才讓她無法離家重新展開人生，就是譏笑我爸像野狗一樣飢不擇食。

僅此而已，她從來不會想著怎麼解決問題。

簡單點來說，就是坐以待斃，繼續過著吃力又不討好的日子。

對我來說，人生沒什麼好卯足全力去做的目標，唯一需要出力氣的，就是當你發現眼下的生活已不太舒服，就得想辦法回到輕輕鬆鬆就能活著的狀態。

我不想變成跟我媽一樣的女人，也不想像謝俐君一樣，除了哭以外就一無是處。

所以，當我知道家裡已經沒什麼期望，我就去找了一群「乾爹」，讓我可以舒舒服服地過日子。

該死，要是有哪個乾爹願意幫我收拾這個殘局就好了。偏偏，我沒有把握，如果我說我不小心殺了人，他們還願不願意理我？

為什麼我最不想靠自己的時候，卻只有自己可以依靠？

「我懶得跟妳說了。」我握緊手電筒，準備離開。

繼續跟謝俐君在這耗著也沒什麼用，不如先去找到那兩個女大生的下落。

驀地，身後傳來急促的腳步聲，我還來不及回頭，一道強烈的推力將我狠狠地撞向一旁的硬牆，手電筒也應聲落地。回過神後，是一陣要命的疼痛，以及我意識到，謝俐君正緊抓著我後腦的頭髮，以迅雷不及掩耳的速度，將我的頭部往牆上撞過去。

幹！

「妳到底憑什麼置身事外啊？」謝俐君咬牙切齒地吼著：「妳以為自己有張漂亮的臉就可以為所欲為，那現在妳沒那張臉了，妳還有什麼？」

謝俐君難得激動起來，超乎我方才的想像。總算她比我媽進步一點，被逼急了，還懂得使出餘力來抵抗，不過……被這種低等的女人壓制，讓我很不爽。

極度不爽。

「我真的很受不了妳這種女人欸！」我強忍著疼痛，一面說一面思索著該如何脫困：「毀了我的臉又能怎樣呢？妳還不是一樣醜？」

「妳閉嘴！」謝俐君一聲大吼，又將我的頭往牆上一撞：「妳以為班上那些女生為什麼都要和妳保持距離？妳知道她們怎麼說妳嗎？她們叫妳臭婊子，一副欲求不滿的樣子。」

一股熱流從鼻尖淌了下來，我的鼻梁一定被這女人撞斷了。

痛是一回事，被這種我從來沒當過對手的女人所傷，那種屈辱感，則是更嚴重的一回事。

「我從來沒有否認我是婊子！既然我那麼爛，妳跟著我幹麼？」我吼著：「妳自己也別有所圖，不就是為了王威廷嗎？」

「妳還說！妳知道我喜歡王威廷，還故意天天在他面前搔首弄姿！妳明明就不喜歡他！」

「我要怎麼做那是我的事，妳管不著！」我說：「但妳既然喜歡他，幹麼不敢表示？有本事喜歡就要有本事被拒絕，這樣我還會看得起妳一點！」

「陳妙珊，妳真是個爛貨！」

「我爛又怎麼樣？你現在再講王威廷又能怎樣？人都死了！」我掙扎著想逃開這女人的壓制，但她似乎使出吃奶的力氣，我越使力，頭髮就被扯得越緊，痛得我幾乎要飆出眼淚。

我決定鋌而走險：「妳那麼討厭我，也可以殺了我，反正今天已經死了一個人，再多一個也沒差。只是，我拜託妳想想妳的目的，現在是毀了我比較重要，還是離開這裡比較重要？」

同樣的話我已經講了三百萬次，我只希望這女人能用點腦子。

安靜了幾秒鐘，那緊捉住我頭髮的手鬆動了片刻。原以為終於可以掙脫的時候，她又再次重重地將我往牆上一推，才放開手。

砰！

這次，是一陣要命的天旋地轉，以及我整個五官都要碎裂的劇痛。

媽的！

我忍不下去了！

「妳推我推得很爽？謝俐君？」我吃痛地站起身子。

手電筒滾落到有一段距離的地方，但仍有些微的餘光，我的眼睛也已經適應黑暗，於是在我轉過身以後，雖然看得不清楚，還是可以辨識出謝俐君所在的位置。

我抹去口鼻處一股帶著鐵鏽味的溼潤後，朝謝俐君踹了過去。

連我媽都不敢這樣對我，妳以為妳是誰？

她失重向後一倒，整個人砸向一旁的玻璃窗，磅啷一聲，玻璃碎裂一地。她壓在窗框上，發出痛苦的叫聲。

「啊！好痛……」

憤怒已到達我再也不想控制的程度，更何況，方才她也沒有管我痛不痛，就毀了我整張臉，所以我也沒必要管她的死活。

「妳憑什麼揍我啊？」我一面說，一面朝著她的腹部踩下：「只會推卸責任，又沒半點本事，為什麼不去死？該死的人是妳！」

這下，換她無力反抗了。

她痛苦地扭動身體，發出微弱的呻吟：「呃……」

「剛才不是很得意嗎？現在怎麼什麼都說不出來？」

踩著踩著，我突然覺得腳下有一陣黏著感，謝俐君也逐漸安靜下來。

「怎樣？現在是怎樣？」我用腳背踢了踢她的腰側：「裝死？」

沒有回應。

「喂，謝俐君，妳夠了喔？」

該不會暈倒了？我力道有這麼大嗎？

我循著光源找到滾落至破損桌椅下的手電筒。待我拿起手電筒，回到謝俐君旁邊時，我嚇傻了。

她摔在窗戶上的時候，玻璃碎片從她身後刺穿，但方才光線不夠，我沒察覺，又在她身上補了好幾腳，導致碎片將她刺得更深，她也因此大量失血……

死了？

我伸手顫抖的手，緩緩往她的鼻部探去。

完了。

謝俐君失去了氣息。

在今天之前，我都不曾細想過失去生命到底有多容易。然而，似乎因為我的緣故，在轉瞬之間就死了兩個人……？

不！

不能這樣想。

王威廷之所以會死，全都是謝俐君這個臭三八的錯；剛剛是謝俐君先攻擊我，我才會基於正當防衛的情況下錯殺了她……

對，正當防衛！

如果謝俐君沒有先動手的話，這一切都不會發生，她要怪只能怪她自己白目，是她親手送掉了自己的生命。

那我該怎麼辦？

我只想回家躺在床上，看著不花大腦的喜劇片，或是挑著網購上的衣服讓乾爹買單，繼續過我舒舒服服的生活……我想回到那樣的日子。

為了這個目的，得先除掉今天晚上所有因意外而留下的痕跡。

就是這樣。

我開始在這個空間裡，尋找能把謝俐君藏起來的地方。

真是夠了，還不知道楊予純和杜俊謙會怎麼處理王威廷的屍體，現在我就多了一具屍體要處理。

我突然發現自己有點可怕。

無論死的是王威廷或謝俐君，我都不會因為失去他們而感到難過。事實上，就算他們還活著，要我不再與他們有所交集，也不會有任何損失。

所以，絕對要全身而退。

我的人生才不要因為這些無足輕重的爛人而受損，一點都不值得。

我穿過一開始發現謝俐君的櫃檯區，繞到後方本該是廚房的地方。這裡有點糟糕，時不時就會傳來細碎的雜音，若試圖用光線去尋找聲音的來源，會看到一兩隻老鼠迅速逃竄的身影。

這真是噁心透了。

但也代表著，大多數的「探險者」走到這裡以後，可能會因為和我有一樣的感受而選擇轉身離開。那麼，把謝俐君藏在這裡就是最好的了。

我在一面漆黑的牆上，找到鑲嵌在裡面的收納空間。木門已經破爛腐朽了，依稀可以看見堆放在裡面的雜物，大多是汙損不堪的食具，碗、餐盤之類的。我將木門拉開，移動部分的雜物後，剩餘的空間應該可以勉強塞進一個人。

確認好「藏屍地點」以後，我走回謝俐君躺臥的地方，將手電筒掛在脖子上，空出兩隻手，開始搬動她的身體。

光線擦過謝俐君蒼白的面容，她的雙眼瞪得極大，似乎並不想相信這就是她人生的結局。

我打了一個冷顫，決定伸手拂向她的眼部，讓雙眼閉上。

「妳不要怪我，是妳先對我不仁的。」

人生就是這樣，成王敗寇，如果今天敗的是我，就換我以這副模樣死在這了。

好險不是。

我伸手抹了抹額頭，在燈光下一片血紅，也不知道是我的血還是她的……這顏色讓我想起……

「陳妙珊，妳感冒有好一點嗎？我媽做了草莓醬牛奶布丁，妳要不要吃

吃看，我帶了一個給妳喔！」

什麼？

當我低下頭，失去氣息的謝俐君並沒有任何動靜。

只是可笑的幻覺，或是說，不應該再想起的記憶。

好了，就這樣了，關於謝俐君的一切，到這裡都結束……

幹！

到底為什麼，我疼痛不已的鼻尖傳來一陣酸楚，眼眶也逐漸模糊？

「真的滿好吃的欸，妳媽很厲害喔！」

「妳喜歡的話，我下次再請我媽做喔！」

媽的，為一個臭三八，有什麼好哭的？就因為她曾經施給我一點小恩小惠，我就要為了她的死而難過？

陳妙珊，妳也不想想看，剛剛死的差點是妳？

突然之間，空氣變得異常沉重且難以忍受，我無法伸手搬動謝俐君的屍體，也無法再待在這個空間裡。

我轉過身，拔腿就往窗外奔去。

這不是我的錯。

絕對不是！

※ ※ ※

我在黑暗之中急速奔馳，雖然完全不知道前方的路會通往哪裡，我只想跑離那棟建築，越遠越好。我不要再想起謝俐君，也不想面對方才發生在我倆之間的事。

直到我已無多餘的體力，我在一處矮樹叢內失重躺下。狂躁的心跳、劇烈的喘氣，以及面部難以忍受的痛楚，因為靜止的動作越發鮮明。

我好累。

真的好累。

我想洗澡。

我想睡覺。

我想回家。

我想當這一切從沒有發生過。

但，這一晚為什麼如此漫長？

我又該如何向楊予純和杜俊謙解釋謝俐君的下落？

我還沒喘夠氣，不遠處就傳來低聲的交談。

「手電筒的能見度太低了，看不出來這廣場到底有多大，聽說以前辦活動的時候，能容納幾百個人，一定很大吧。」

「如果是早上來的話就看得見了。」

「但白天就少了個氣氛。」

「同意。」

是那兩個女大學生！

依照楊予純所說的，我應該想辦法拖住她們一段時間，讓她們暫時離不開樂園，好爭取處理王威廷屍體的時間。但，以我現在這副模樣，我的出現只會讓她們更想逃走吧！

雖然我沒照過鏡子，但我知道我全身都是血，臉上一定也傷痕累累。

任何人看見我，都會認為我剛剛經歷過很糟糕的事，要不是遇上危險……就是我讓人遇上危險。

想到這裡，我便伸手關上手電筒，想從反方向逃開。不料，當我起身時，身體擦過樹叢，發出細微的沙沙聲。

「誰在那邊？」

馬上就被發現了。

我倒抽了一口氣，彎下身子試圖躲開。不一會後，一道光源照向我前方不遠處的樹叢。

「怎麼了？」

「有人在偷看。」

「誰？那群高中生嗎？」

「沒看清楚，溜掉了。」

「他們要做什麼？」

「誰知道。」

「我們離開這裡吧，往前走。」

好險。

確認腳步聲遠離之後，我看了一下手錶，距離楊予純約定的時間，大概還有十幾分鐘。我只需要注意那兩個女學生往哪個方向走，確認她們暫時沒有離開樂園的打算後，就可以回去和楊予純他們會合了。

至於謝俐君，就說我沒看見她吧！

我站起身，緩緩調適呼吸，並且告訴自己：沒事的，只要把最後一關過了，回到家躺在床上睡一覺，醒來就會回到原本的生活。臉上雖然有傷，只要我沒死，就一定有機會恢復原樣。

我順著兩個女學生手上的光，悄悄跟在她們身後。

我必須說，老天爺真的是個他媽的王八蛋，祂似乎就要我在一個晚上嘗遍我這輩子從沒體驗過的動盪，所以才沒走幾步，我就發現那兩個女生似乎是要往城堡那區去。

城堡裡的血跡沒有清乾淨，謝俐君也「躺」在那裡，如果她們闖進去了，一切都會搞砸。

所以我不能默默跟在她們身後，我得想辦法讓她們繞道。

此外，第一眼見到那個穿著軍綠長外套的女生時，我就知道她城府深沉，不是個好惹的人物，也不好對付，所以我一開始就不希望與她同行。

再加上，雖然她一副高冷的模樣，五官卻很亮眼，我猜想杜俊謙當初會上去搭話，也是基於這個原因，這讓我更討厭她了。我喜歡跟在我身邊的，都是像謝俐君這樣不會帶來一絲威脅，或是像楊予純這種「殺氣外露」，男人一看就不會有興趣的女孩。

現在這不是重點，要緊的是，我的推論完全準確——軍綠女是個麻煩。這一路上，「軍綠女」都不停地回頭張望，一副殺氣騰騰的樣子。

如果在學校，這種女人並不難對付，只要謹記一個道理：一隻受傷的羊躺在老虎旁邊，即便老虎什麼也沒做，人們都會以為羊身上的傷是老虎搞的。所以，只要善用眼淚與羊的柔弱，突顯這種「虎姑婆」的強勢與不講理，她很快就會成為眾矢之的。

就像剛剛王威廷死掉的時候，我也是用這一招對付謝俐君的。

但是，眼淚與柔弱在此時完全起不了作用，因為沒有男人在。

媽的，該用什麼方法才能讓她們繞路呢？

「你們到底要幹麼？」

軍綠女的吼聲嚇得我連忙低頭躲進一旁的樹叢。

「嚇人嗎？有意義嗎？」她的聲音聽起來越來越尖銳。

我一點都不想嚇妳，我只想安然回到我該去的地方，結束這該死的晚上，倒是妳才不該像瘋子一樣地大吼。

煩死了，能不能不要再浪費我的時間？這個鳥樂園，我一秒鐘都不想待下去了。

眼看她們已經走到城堡門口，正面迎戰似乎是唯一且無可避免的辦法。如果我要盡早結束這惡夢般的夜，又不想讓她們發現謝俐君的話——

我深吸了一口氣，從樹叢中走出來。

先看到我的是軍綠女旁邊那個沒特色的女生，她發出了一聲惱人的尖叫。

「啊！」

她一臉驚恐地指著我，軍綠女也順著她所指的方向看見了我。很顯然地，我臉上的傷和身上的血，讓她們豎起更高的戒備。

沒關係，我還是有辦法化劣勢為優勢。

藉助身上的痛楚，我壓低姿態，以一副無助的樣子對她們呼喊：「拜託妳們……幫幫我。」

軍綠女仍是一臉臭，好似我是什麼晦氣的東西，將她身邊的女孩推向她身後，說：「妳想怎樣？」

「我找不到我同學、又害怕。妳們能幫我嗎？」

「妳身上的血還有傷是怎麼來的？」

「我剛剛太害怕，不小心摔倒。」

「妳是摔在釘床上嗎？」軍綠女以警戒的目光看著我：「跌倒而已，會弄到滿身是血嗎？」

「我……其實……」

我一面說，一面將目光轉向她身後的女孩，「沒特色女」看起來比較好說話一點，我應該先想辦法說服她……

「喂！妳幹麼？」

軍綠女突如其來的大喝嚇了我一大跳，還沒成形的念頭也硬生生被打斷。

「妳不要看她！」她惡狠狠地盯著我：「先回答我的問題！」

沒辦法了。

只能邊說邊找藉口了。

「我們出了一些狀況……」

我都還沒說出無中生有的藉口，軍綠女又打斷了我：「有什麼事自己解決，不要煩我們！」

說完，她拉著沒特色女，繼續往城堡走去。

快想想辦法啊，陳妙珊！

我雖然不喜歡思考，但我更討厭這種不得不用大腦，卻又一丁點時間都沒有的局促。

不管了！就拿事實來改編吧！

「等等！聽我說……」我擋在她們身前：「這些傷，是另外一個女生弄的。我們發生一些誤會，她生氣地打了我後就跑了，其他人跟我正在分頭找她……」

軍綠女將我從頭到腳掃描了一遍，說：「妳的傷看起來很嚴重，為什麼不先報警？」

「我們都沒有帶手機……」

「我唯一能幫你們做的，只有報警，其他妳自己看著辦。」

幹！

最不能做的事情就是報警。

所有人為了脫罪，一定會把矛頭指向我，因為死的兩個人幾乎都是我殺的。

不行！

「不要報警！」

直到我吼完，才意識到自己反應太過，這樣等於間接承認我做了某些不能報警的事。

我要冷靜。

陳妙珊，妳不是最會找藉口了嗎？

妳不是自詡不用花大腦就能用話語把人唬得一愣一愣的嗎？

現在，也想辦法蒙混過去啊！

軍綠女繼續咄咄逼人地質問：「為什麼不能報警？」

我試圖冷靜，並盡我所能地想到一個漂亮的藉口：「雖然她打傷我，但怎麼說我們都還是朋友，我不希望她有麻煩。」

「是不希望她有麻煩，還是不希望妳有麻煩？」軍綠女還沒打算停戰：「妳身上的傷到底怎麼來的，你們一群人到底做了什麼？我看，應該不能告訴警察吧？」

女人，要懂得適可而止。

妳這麼咄咄逼人，想必是很難交到男友的。

妳就註定當一輩子「剩女」吧，即便妳有還能看的外殼。

對付妳這種人，只要現場有一個男人就夠了，他一定會被我這副可憐兮兮的模樣打動，要妳別再針對我。

可惜現在就是他媽的一個男人都沒有！

「不是這樣……」

「你們的麻煩跟我沒有關係。」軍綠女拿起手機，冷冷地對我說：「妳自己去跟警察解釋！」

「不要報警！」

媽的！我就說了不能報警！

我不想死！妳不要害我！

軟的行不通，只能來硬的了。

我搶下軍綠女的手機，同時注意到沒特色女的手機掛在脖子上，在她發現之前，我飛快地將其扯下。

「呀！」

「妳是怎樣？作賊心虛？」軍綠女吼著：「手機還來。」

我使出僅存的餘力，將兩支手機狠狠往牆面砸過去。

啪嚓！喀啦！

我一心一意地關心手機是否成功被破壞，卻沒留意軍綠女從我身後襲來，一個閃神，就硬生生地被撞向城堡門口堆放的木板。

痛！

隨即，我被軍綠女壓在身下，她像發瘋一樣，對著我不停揮拳。

「媽的！再弄我啊，該死的人類！」

我全身只剩下兩種知覺，一是軍綠女失控的吼聲，二是她每揮下一拳，我整個人都彷彿要碎掉的劇痛。

我到底要受多少傷，才能結束這一切？

不過是砸了手機，有必要瘋成這樣嗎？

她一定有病！

絕對有病！

把全世界的人都當成壞人，認為每個人都會害她，最可怕的其實就是她！

「湘，妳冷靜，不要這樣！」沒特色女的聲音從軍綠女的身後傳來，我感覺她正在把軍綠女從我身上拉開。她的聲音顯得恐懼而慌亂：「妳嚇到我了！」

終於，那些拳頭逐漸遠離了我。

我掙扎地坐起身，從四面八方襲來的疼痛讓我一陣暈眩。還來不及回過神，四周突然比方才亮了許多……

聚焦一看，是失控的軍綠女將木板點燃，還潑上了不明的助燃物。轟的一聲，火勢很快延燒至木製建材的城堡本體。

這是今晚最亮的光。

謝謝妳還活著

第七回　林湘茹——一定是你有個該死的理由

我們的社會有個很畸形的文化：
受輿論攻擊的向來都是受到傷害的那一方。

被強暴的女人往往被認為是行為不檢點，
才受到歹徒的覬覦；
被搶劫的人會被指責一定是將財物露白，
才遭人眼紅；
被殺死的人應該是做了什麼事激怒凶徒，
才惹來殺身之禍。

你之所以會死，一定是你有個該死的理由。

眼前出現非比尋常的光亮，來自於火——失去理智的時間很短暫，但足夠讓我下意識地從包裡掏出打火機，搶下幸茵手裡的地圖，點燃之後拋向眼前的木板。

如果你們這麼愛傷人，就一起燒成灰吧。

「湘！」幸茵錯愕地看著我，很顯然的，我冒的險比她方才在戲水區那裡完成的還要瘋狂。

在幸茵抓住我之前，我從包裡掏出另一個東西，打開後扔進火堆裡——我的隨身護髮油。

轟一聲，火勢更加狂躁了，橘紅色的光不受控制地向外擴散，就像那個掙脫枷鎖的我，瘋狂程度完全不輸給我所見過的可笑人類。

高中女生倉皇地從木堆中掙脫，對著我們吼著：「妳們瘋了嗎？」

對呀，瘋了。

我早該瘋了！

眼前的破舊建築隨著漸漸延燒的火勢而光亮起來。

「湘，妳到底怎麼回事？」

我無法回應幸茵的話，也幾乎無力解讀她話語的內容。我整個人都在顫抖，呼吸也十分急促，像一臺漏了電的機器。

「這要是燒成大火，妳打算怎麼辦？」

「死無對證，就說是他們燒的也可以！」我深吸了一口氣，非常費力地想讓自己冷靜下來，但效果有限：「我們走吧，直接南下。」

「火……」幸茵以遲疑的語氣回應我：「不管嗎？」

「燒不死人的。」我也不知道怎麼了，就覺得那火燒下去也無所謂，跟我一點關係都沒有，「現在又不是有幾百人擠在這。」

我拉著幸茵的手，迅速地往回頭路走去。

身後的燃燒聲很鮮明，劈啪劈啪地，像極了燒肉店裡的炭火爐。

一路上，我們都沉默著，但我知道，幸茵一直在回頭看那團被我點起來的紅光。

「妳為什麼這麼生氣？」她的語氣帶著恐懼與不解：「氣到要燒掉房子？」

「我不知道。」我試著解釋：「在某個瞬間，我覺得憤怒到了極點。」

「不至於到要放火的地步吧？」

「妳就當我的瘋狂開關莫名其妙被打開了。」

幸茵鬆開我的手，停下了腳步：「我們……要不要回去想辦法把火滅了？就算他們不說，之後也會被發現的。」

我望向她，說：「然後呢？會不會連火都還沒滅，我們就先被那群人滅了？」

她停頓了一會，又回頭看了城堡一眼，默默地跟上我的腳步。

我們繼續往最初的入口走，我也不想再說話，因為我搞不清楚心裡這一團亂七八糟的東西到底是什麼。

我知道自己還很憤怒，也記得我衝動做了我以前根本沒做過的事，但與這樣的情緒並存的，是另一種我不曾有過的感受——是得意嗎？還是某種得逞的快感？總算有那麼一次，我有了傷害人類的本事與機會。

而我沒有一點罪惡感。

因為我始終不認為自己做的是一件錯事。

我應該如何向幸茵解釋？

一路上，仍舊沒有任何言語。

※ ※ ※

我和幸茵的沉默一直延續到我發動車子之後。

這在我與她之間是很罕見的狀況，卻沒有一個人打破僵局，包括我。

為了讓尷尬的感覺不那麼鮮明，我打開了音樂。

重節奏的西洋流行歌從音響中竄出，填塞在我和幸茵此時此刻的空白之中。

車子繼續在南行的沿海公路上行駛，也不知道過了多久，她對我提出一個要求。

「我們還是去報警吧……」她的語氣有濃濃的疏離感。

「是因為我做的那些事嗎？」

「與其讓他們供出我們，不如我們自己先說。」她停頓了片刻，才說：

「我會說我們本來只是想生火，但那個女生要攻擊我們，才會發生意外的。」

「然後呢？」我大概已經知道她的答案，還是忍不住問了：「還繼續南下嗎？」

「我不知道⋯⋯」她一副為難的樣子：「但我想回家了。」

「那些我們都很喜歡的點就不去了嗎？妳甘心只在別人的文章或影片裡做二手的體驗嗎？」

「才出來第一天就有那麼多狀況，我開始懷疑我們堅持要冒險到底是不是對的？」

沒有相同目標的旅行，也失去了繼續下去的必要。

我突然想起在哪個旅遊平臺上看見的討論串，說很多朋友往往會因為一次旅行而失去友誼。我一直覺得這是天方夜譚，至少我曾經以為我和幸茵之間不會那麼脆弱。

「妳確定嗎？」

「嗯！回去吧！」

事實證明我還是太天真。

也許我本就屬於孤獨，幸茵的出現只是一次意外。結束之後，我還是得回去面對只有自己的人生。

「我在前面迴轉。」

接近迴轉號誌時，我踩下煞車，車速卻沒有減緩。

我再一次將煞車踏板踩到底，狀況也是一樣，而我們已經超過可以迴轉的地方了。

「怎麼回事？」

「煞車好像壞了！」無論我踩了多少次，車速都沒有減緩。

「妳不是說那是小問題嗎？」

「我以為是，因為下午都沒事。」

「那怎麼辦？」她看著我，以為我能給她一個解決的方案。

「我不知道！」

她焦急地看著我，音量也越來越大：「妳怎麼可以不知道？這是妳的車！」

「這是我的車，但我也不希望它出事啊！」

人類為什麼總是喜歡在這種時候用極高的音量說話呢？以為這樣的氣

勢能填滿恐懼所帶來的不安感嗎？

「早知道就別出來了，這下我連家都回不了了！」她抱著頭吼著：「冒什麼險，我根本就冒不起！」

這個時候我居然還能想起，某部電影裡的女主角曾經說過：「就當你以為情況不能再糟的時候，你連菸都沒了。」而我想說的是：就在你以為情況不能再糟的時候，你連煞車都壞了。

活著到現在快要二十年，我經歷過許多難熬、痛苦與不堪的時刻，但多半危急的都是靈魂與意志，真正面臨肉體生命的逝去風險，這還是第一次。

突然，前方能見的道路突然縮短，車燈聚焦在不遠處的轉彎號誌上。完了。

那是一個急轉彎，如果沒有減速，我絕對轉不過去的。

「幸茵，很抱歉……」我緊握方向盤的手開始不可遏止地顫抖著：「前面的大轉彎……我可能沒辦法了。」

「妳說什麼？」

她抬起頭看著前方，這一次她也沒法再忍住了，尖銳的叫聲就像錐子一樣從我右耳裡狠狠鑽入。直行的路消失之前，我用盡全力將方向盤轉到底。

輪胎與地面的猛力摩擦，這一瞬間，我的記憶迴路開始像電影畫面一般，快速閃過所謂的人生跑馬燈。

※　※　※

嘿，死胖子！

肥豬，你不要擋路好不好？

我很羨慕魚，據說牠們只有七秒的記憶，目光所及的一切，在轉瞬間就會成為過眼雲煙。快樂的、悲傷的，都不重要；每一秒，都是新的世界。

而我的記憶，無論我變成什麼模樣，它都像個夢魘，牢牢地緊纏著我，時不時就以張牙舞爪的姿態，從我腦海深處、眼前，不斷凌遲我。以至於我與這世界存在極大的隔閡，尤其是記憶與改變後的現實所造成的反差，將我對人類的最後一絲信任吞食殆盡。

即便我的改變，只是膚淺的，容貌上的。

欸你看，她就是我們班最醜的女生！

來啊，誰大冒險輸了，就要去跟她告白！

我曾經擁有八十公斤的體重，全身上下毫無一絲曲線，甚或，世俗定義的美感。臉部因為過多的贅肉，使得五官極不明顯，和現在相比，整個人像是被輪胎碾過那般。醜、胖、噁心，是我最常聽見的形容詞。

有生以來，我從未親眼見識過鬼魂、神靈，更不曾感受到來自於超自然現象所帶來的傷害與威脅；不過，從人類那得到的傷害，可是多得數不清。

內傷、外傷、遍體鱗傷。

幹！妳看什麼恐怖小說啊，妳長得就夠恐怖了！

在記憶中，那刺耳的嘲笑從耳邊炸開以後，我手裡的書本也被搶奪而去。奪走書的那群人，以戲謔的目光投向書本內容，指著上頭醜陋恐怖的鬼怪插圖，再指了指試圖奪回書本的我，大笑我與鬼怪是同類。

人們都知道，只要不去招惹鬼魂的話，通常祂們不太會主動做出危害人類的事情來。但是，鬼不招惹人，人卻會去招惹一切他們認為值得招惹的事。

可惜的是，世界上最多的，是實實在在的人類，而非鬼魂。所以並不是你不去招惹他們，就能安穩度日。

我曾經以理性的話語要求對方歸還，換得的從來都只有更尖銳的挑釁。

妳為什麼老是看這麼恐怖的東西啊？是不是因為沒有人愛妳，妳才要在同類身上找溫暖？

來啊！醜八怪，想要書就自己搶回去啊！我就要看看是人類比較厲害，還是妳這種妖魔鬼怪比較可怕？

刷——

在搶奪的過程中，書本要不是因拉扯而皺折不堪，就是被撕破，或是被寫下不堪入眼的辱罵字眼。更甚，當他們眼看書本就要被我搶回，常常會來個「玉石俱焚」——我最珍惜的書，在轉眼之間被撕成碎片，與激烈的嘲笑聲一同飄散於空氣之中。

為什麼我該受到這種對待？

喔，因為我是那隻討人厭、醜陋又該死的「鬼殭屍豬」——這是多年前同學們為我取的綽號，我既醜又胖，個性也不討喜，簡直一無是處。

我在他們身上看見，詆毀不堪入目的眾矢之的，是人類與生俱來的天性。

我無法得知大家為了我而哄堂大笑的感受是什麼，因為我是被取笑的對象。這是我嘗過最痛的內傷——當全世界的人都為你而笑，卻只有你一個人在哭。

欸，他們怎麼會叫肥豬來參加游泳比賽啊？

幹！噁心欸，她一下水，水就溢出來了，我們要怎麼游？

我喜歡游泳，最恨的也是游泳。

漂浮在水面上感覺像穿梭在雲端，我雖然沒有翅膀，但只要在水裡，那便是最接近天空的時候。然而，那樣美好而輕鬆的感覺得之不易，也可能在瞬間讓我墜落地獄。

肇因是泳裝，我曾經沒有穿上泳裝的本錢。

那極度貼身，又會讓大部分肢體裸露在外的衣裝，只會把我的缺陷全都暴露在外，換來我早已熟悉卻還是能感受到不安與痛楚的嘲笑聲。所以，若非不得已，我絕不換上泳裝，也不出現在會被迫下水的地方。

可惜我逃不掉游泳課的折磨。

每一次上課，我都會裝病不下水，但是到了期末，老師不會放過每一個人，以一次小過做為不參加考試的代價。我沒有辦法，只得換了泳裝下水。

在跳入水中之前，我已經聽遍此起彼落的譏笑聲，以及更多關於我的「新稱號」，比如：綁了繩子的金華火腿、超級肉彈、深水炸彈之類的，我整張臉都要羞紅得燒起來。

所以，在老師以哨聲宣布考試開始後，我死命地打水，只想盡快到達彼岸，然後衝進更衣室，結束這糟透的一切。

我怎麼也沒想到的是，那是另一個惡夢的開始。

我的打水成績是全班最快的，被老師推派參加運動會比賽。我拒絕參加，老師卻要我以班級榮譽為重。

班級榮譽到底關我什麼事呢？那些嘲笑我的人，值得我為他們努力，爭取一面獎牌？

人類都是自私的，最大的見證便是：當他們對我進行剝奪與嘲弄以後，還要求我無私地對他們付出。

如果我拒絕，會換來更無情的剝削。

於是我只能在比賽當天，無助地坐在報到區，即便已經拿浴巾把能包的地方都包起來了，依然聽得見隔壁男生刻意放大音量的談論。

「我看隔壁班輸定了啦！」

「為什麼？」

「你看你旁邊那個人的身材。」

我的視線雖然不在他們身上，我仍能感覺如探照燈的目光，聚焦在我身上任一處足以讓他們取笑的部分。

接著，是一陣爆開的笑聲：「噗哈哈哈，真的輸定了。」

在我必須將浴巾揭開，跳入水中以後，我死命地打水，但身在水中，岸上的鼓譟依舊清晰。我不知道那是為什麼，反正如果焦點在我身上，大部分都不是什麼好事，我只能專注在一件事情上——盡快游到終點，逃開這不該是我來的地方。

後來，比賽贏了，而且是第一名，不過沒什麼值得我高興的。

我拿到的只是所謂班級榮譽，對我的人生一點意義都沒有。

類似的經驗累積太多，我開始對笑聲非常敏感。人們通常是遇到了開心的事才會發笑，但有太多太多的數據，證明我身邊的人之所以發笑，是因為我的存在令他們感到可笑。笑這件事本身，對我來說已經失去本意。

它成為一個警訊——我又成為焦點，並且即將發生難以面對的慘劇。

不過，無論對與錯的基準點是什麼，受輿論攻擊的向來都是受到傷害的那一方，這是我們的社會一向很畸形的文化：被強暴的女人往往會被認為是行為不檢點，才受到歹徒的覬覦；被搶劫的人會被指責一定是將財物露白，才遭人眼紅；被殺死的人應該是做了什麼事激怒了凶徒，才會惹來殺身之禍。

你之所以會死，一定是你有個該死的理由。

我之所以會被攻擊，是因為我是個醜陋的死胖子。

大概就是這樣子。

所以，活在這世界一點都不容易。除了要避免犯錯，還要注意別讓人為了你而犯錯。

如果我要終止一切悲劇，唯一該做的，就是改變我不在社會審美範圍內的外型。

在認識幸茵以後，我更加確定這件事。

如她所說，她沒有太多會引起別人注意的特色，無論是在外型上或個性上。所以，只要我的外型變得跟她一樣，我所擔心的事就不會再發生。

我花了幾個月的時間，試過各種方法讓自己瘦下來，甩掉二十幾公斤的體重，並且學會穿搭和化妝。

世界如我預期的不一樣了，但那明顯的反差，竟是我預料之外的殘忍。

我改了我的外在，但個性沒變，一樣不討喜。我不喜歡和陌生人說話，也不輕易相信別人，況且，我還是對那令人懼怕的廢墟或是鬼故事抱有極大的興趣。就因為我的長相不再是「鬼殭屍豬」，討厭我的人就少了？

上大學後，在新生訓練時主動跟我說話的人變多了，明顯帶著友善和羨慕，不再是惡意與嘲弄的目光。

妳長得好漂亮喔，妳叫什麼名字啊？

妳的項鍊是在哪買的？看起來好酷喔！

除掉我身上讓我吃盡苦頭的汙點後，只留下臉上某些難以避免的瑕疵：比如，疏淡的眉毛、兩眼並不完全一致的雙眼皮、眼下的黑眼圈、鼻頭上的點點黑頭、略為乾裂的嘴脣，以及，過盛的青春在雙頰上留下的幾顆紅點。

為了讓這些瑕疵更不顯眼，每天早上我都得提早一個小時起床，用化妝品美化臉部瑕疵的「易容」行動，再配合穿搭將身型的破綻修飾到模糊。我習慣穿上既能修身又能拉長腿部線條的黑色長褲，以及同色系的素面T恤，胸前會以墜鍊做為點綴，再套上長版外套，腰部後方以綁帶呈現腰身。

上述這些行程必然且不可省去，如果，我接下來得出門面對世界。

這一切原本都只是為了不再被嘲笑，或成為被攻擊的焦點，卻意外地合乎某些程度上的審美標準。

人們開始好奇與羨慕我的外型，還想要對我有更多的認識。

反差最大的在於，過往嘲笑我最大聲，惡作劇最過分的，幾乎都是男生；但是現在，積極想要得到我的注意，並想方設法弄到我聯繫方式的，也是男生。

唯一不友善的目光，大概是那些外形本就亮眼的女孩，在自認我的存在威脅到她們吸引目光的機會以後，會投來厭惡的目光。與過去不同的是，那惡意的目光裡，是帶著嫉妒的。

從「鬼殭屍豬」變成「帥氣女」之後，這世界以貌取人的膚淺在我面前發揮到淋漓盡致。

太噁心了。

噁心到我每次只要接觸到人們對我的欣賞目光，再想起過去所受到的對待，我就想要毀掉整個世界。

至於我剛剛為什麼會放火燒了城堡？

明明那個長髮女並沒有對我表示欣賞，她甚至懷著某種心眼，不是嗎？

手機被摔碎的那一瞬間，過往的創傷隨著思緒衝向眼前，飛散的碎片成為記憶中被破壞過無數次、我最珍視的書本。長髮女雖然沒說話，我卻聽見此起彼落的譏笑聲，在死寂的黑暗之中格外鮮明。

哈哈哈，長相恐怖的人配恐怖的書！恐怖的東西都要被毀滅！

那些笑聲精準地襲擊我的致命傷，憤怒、焦慮、無奈、煩躁……在我心頭瞬間炸開，烈火以迅雷不及掩耳的速度流竄我全身，每一寸細胞都痛得難以忍受，我再也無法自控。

我明明已經改變了。

為了這個充滿惡意的世界，不得不改變了，為什麼還是要受到傷害？

為什麼人類總是喜歡干擾與自己毫不相關的人呢？

為什麼我總是要一而再再而三地容忍或被迫接受人類的干擾與傷害？

為什麼受傷後躲在角落裡默默舔拭傷口的人該是我？

為什麼我不能像他們一樣，隨意揮刀殺人，然後一點愧疚感都沒有？

如果這個世界上註定有些該死的人，為什麼不是他們，而是我？

長髮女的謊言隨著她破壞我手機的動作而不攻自破，她和她那一群同夥，肯定發生了不能報警的意外。但他們造的孽，為什麼該是我受？

一個又一個憤怒的問號冒出的同時，我的理智斷線，長髮女已被我推倒，撞在城堡大門旁立放的木板上，磅啷磅啷地，木板因為重擊紛紛倒下，壓在她身上。

但這還不夠。

我過去所受到的傷害，遠遠不止這樣。

驀地，長髮女所在的位置，又再次發出刺耳逼人的笑聲。

喔！鬼殭屍豬生氣了欸，我好怕喔！

哈哈哈哈，她還會生氣欸，我以為死人是不會有反應的！

我就是不想把東西還給妳，怎樣？打我啊！

夠了。

夠了！

我不想再這樣下去，妳們也該閉嘴了。

說時遲那時快，當長髮女從木板堆中掙扎起身時，我立刻把她推倒在地。她的臉孔很模糊，而我看到的是過去無數張曾經對我發出笑聲的面容，如此鮮明、清晰、歷歷在目，令我厭惡到……必須馬上毀掉。

我無法克制地往那些臉孔揮拳，該死的從來就是他們，不是我！

「媽的！再弄我啊，該死的人類！」

把我為你們受過的傷，一次還清楚！

從一開始，你們就不配活在這個世界上！

那一瞬間，我知道在他們全都死掉之前，我不會停下拳頭。

「湘，妳冷靜，不要這樣！」

就算幸茵勉強將我拉開，我的理智還是沒有回來。

我所受過的委屈，化作城堡前燃燒的火焰，我為終於能為自己出一口氣感到興奮，腎上腺素激升，精力好似用不完。

這一刻我才意識到，我也是人類，本該有與他們抗衡的能力。

但是……

※　※　※

車身撞壞護欄，傳來刺耳的撞擊與碎裂的聲響，接著是一陣帶著水聲的墜落感，最終，被無邊的黑暗吞噬。

我甚至還來不及想清楚，這代表的是我最終還是逃不過被傷害的命運，還是老天要我為方才的失控付出代價？

滅頂之前，我的最後感知來自於音響：

I'm unstoppable
I'm a Porsche with no breaks
I'm invincible
Yeah, I win every single game
I'm so powerful
I don't need batteries to play

I'm so confident

Yeah, I'm unstoppable today

謝謝妳
還活著

第八回

陳妙珊——該死的清醒

這件事我忘了多少年？
忘到我寧可當作，它從來沒有發生過。

我忘了。想不起來。
只是。
許許多多的忘記堆疊在一起後，
我卻清楚記得，我忘記了一件事。

忘記。
他媽的到底是忘，還是記？

為您插播一則最新消息。

警方於今日下午二時左右，於北海岸打撈出一輛小客車，並在車內尋獲三具屍體。由於屍體與車身均浸泡在海中多年，已腐蝕得難以辨識，但鑑識人員仍在車內尋得一張包裹在塑膠套內的社區停車證，證實該車的擁有者為住在北投的林姓男子。

根據過往紀錄，警方曾在七年前接獲林姓男子報案，稱其女兒在學校春假期間向家裡借了車，和同校的朋友徐姓女子一同外出遊玩，此後兩人去向不明，音訊全無。

警方已在第一時間通知林姓男子，但若確定車內其中兩具遺體為其女及友人，雖然代表失蹤案件終結，卻也掀起另一波謎團：兩名女子為何落海？在失蹤當時經歷了什麼事？以及，車上的另一具遺體的身分為何？

以下是記者王光玲在現場掌握到的最新資訊。

這是我今天醒來以後，接收到的第一個訊息。

一如往常的，熟睡至夜晚，睜眼時總是看不到陽光，室內除了電視之外，沒有一絲光線。

已經不記得這樣的生活是怎麼開始的，畢竟我很久以前就沒有習慣思考二十四小時之外的事情，說好聽點的話，我就是個活在當下的人。完全不正常的日夜顛倒，帶來的是持續的、不確定自己到底是不是清醒的狀態，正好符合我對生活的期待——我真的沒有腦力去關注太久遠的時間點。

可是，今晚的新聞就像最強力的醒酒藥，帶來極度陌生的清醒感，讓我感到不安。

新聞畫面上出現了疑似死者的相片——我就只見過那兩個女孩一個晚上，本該是船過水無痕的過路人，卻牽動我以為早就模糊得無法描述的記憶。這幾年來我甚至連零碎的片段都不去想，也不斷地告訴自己，我忘記了。此時它卻攻破我建立的所有防備，湧入腦海。

那兩個大學女生為什麼會落海？

軍綠女把我打了一頓，讓我傷上加傷，差點毀容，花了好幾個月才完全復原。她甚至還放火燒了城堡，讓本就失控的那晚，變得更加不可收拾……我確實希望她為她的行為付出代價，但我沒想過，她和她的同伴居然也都死了。

這到底是怎麼回事？

我掙扎著走下床，點亮燈後拿起桌上的電話。

思索片刻後，撥給了一個已經許久都沒再聯絡過的號碼。

電話接通後，答話者是個女人，並不是我要找的人。

「不好意思，請問這是杜俊謙的電話嗎？」

「妳是哪位？」對方的語調聽起來，情緒似乎不太穩定：「杜俊謙上個月已經過世了。」

「什麼？他死了？為什麼？」

這通電話沒有讓我找到我想找的人，但帶給我一些資訊：杜俊謙前不久因為不明原因失足落海，被發現時已經沒有生命跡象。他死亡的時間點是深夜，找不到目擊者、也沒有其他可疑人士，因此被判定為意外或自殺。

浮現在我腦海的第一個念頭是：真的是意外或自殺嗎？

收線以後，手機電話簿上位於杜俊謙號碼下方的，也是一個許久不曾接上線的名字。

楊予純

我掙扎著該不該按下那個號碼。

思緒還在遲疑，手指已經不受控地按下了。

「喂。」

和記憶中一樣，不帶情緒的嗓音。

「……楊予純？」

「好久不見啊，陳妙珊。」她笑著回應，聽起來對我的去電並不意外。

「妳有看新聞嗎？」

「什麼新聞？」

「警察打撈到當初那兩個女大學生的車，還有屍體。」

「所以呢？和我有什麼關係？」

「那年妳……到底做了什麼？」

「那一年啊，有好多事，妳說的是那一件呢？」

為什麼她始終可以如此輕描淡寫地回應任何有關那晚的事？

「妳……」除了那一晚之外，還有另一件事：「杜俊謙也死了，和妳有關嗎？」

「不如，在問我做了什麼之前……」她沒有回答我的問題，反丟給我另一個問題：「妳要不要先想想自己做了什麼？」

我一直都很清楚，我越想要逃避，就越發證明那天晚上我做了許多讓我一輩子都忘不了的事，而且帶著沉重的罪惡感。

以至於我需要用很多外力來麻痺自己，才勉強活到今天。

但我還是想不透，楊予純在那天晚上，到底扮演著什麼樣的角色？

※　※　※

七年前的那天，我回到雲霄飛車那裡後，楊予純和杜俊謙都已經回來了。

我咬牙忍著滿身劇痛，幾乎無法思考該用什麼理由去說明不遠處的火光。

「這是怎麼回事？」杜俊謙不安地問：「妳怎麼受傷的？謝俐君呢？」

我遲疑片刻後，才勉強能將慌亂的情緒壓下：「她堅持這些事與她無關，還說都是我的錯，揍了我一頓之後就跑走了。」

「怎麼會……」杜俊謙看起來更擔心了：「萬一她出賣我們怎麼辦？」

在那同時，我和楊予純四目相交，她的目光一樣冷漠，似乎在觀察我。我猜不透她的心思，就避開了她的注視。

「哪裡燒起來了？」她問。

「城堡區那裡。」我解釋：「那兩個大學生搞的。」

「為什麼？」

「我照妳說的，想辦法拖住她們，所以假裝請她們幫我找謝俐君。但那個穿軍綠外套的女生脾氣很不好，一直叫我報警找人。」

「她沒報警吧？」

「我把她們的手機都搶走了，摔在牆上。」流了不少血，讓我越來越沒有力氣說話：「軍綠女很不爽，跟發瘋一樣，把我打得更慘，還放火燒了城堡。」

「她們手機丟了，就算要報警也要先離開這裡。」楊予純看著火光，一面說：「不過，她們也不一定會報警，因為火是她們放的。」

「那我們可以走了嗎？」杜俊謙喘了一口氣，但神情還是很緊繃，我從來沒看過他這副模樣。

不知道他們屍體處理得怎樣了？

「還不行。」楊予純說。

我與杜俊謙同時開口：「為什麼？」

「謝俐君依然是個麻煩，找不到她，也不知道她會做什麼。」她看著杜俊謙，反問：「你不是還在擔心，謝俐君要是把事情都說出去，我們該怎麼辦？」

謝俐君？

怎麼又扯回她了？

「她……不會有那個膽子吧？」

我的理由，連我自己聽起來都覺得敷衍，但我實在太痛太累了。

能不能不要再糾結這些問題，讓我回家？

「妳忘了她剛剛把責任都推到妳身上嗎？」楊予純冷冷地看著我：「那兩個女大生、謝俐君，都知道我們三個今晚在這裡。要是沒有不在場證明，那就表示一切和我們脫不了關係。」

「我可以說今天放學後就回家，沒有出門。」杜俊謙急著說。

「我要是你的話，就會走遠一點。」楊予純說。

「什麼意思？」杜俊謙又問。

「什麼都要別人解釋，自己完全不動腦子，煩不煩啊？」楊予純開始不耐煩了，她說：「總之，我要去製造我的不在場證明，我有辦法證明自己今天晚上不在這裡，要是你們不在意這個，覺得自己不會有危險，那就回家去吧。」

突然之間，杜俊謙似乎想起了什麼，他瞪大了眼，指著楊予純吼著：「我有照片！我不信我拍了那麼多，就沒有拍到妳，這樣我也有把柄……」

他說著就低下頭，原本掛在脖子上的相機卻不翼而飛。

「你在找這個嗎？」

楊予純晃了晃手中的物品——杜俊謙原本當寶貝一樣炫耀的老式相機。

「妳什麼時候拿走的？」

「在你努力推屍體的時候。」她笑了笑：「你不是說我是神偷刺客嗎？」

說完以後，她隨手將相機扔在地上，啪擦一聲，發出機器碎裂的聲音。

「喂！」杜俊謙彎下腰要撿，但已經來不及。

「還給你也可以！」她擺了擺手：「反正底片我已經拿走了。」

「妳……」

連最後的底牌也沒有了，杜俊謙沉默地看著楊予純，一臉不服氣，卻什麼也說不出口。

隨後，楊予純對著杜俊謙說：「欸！你剛剛是騎車載王威廷來的吧？」

「你要幹麼？」

「我待會會騎車離開，你們要是還擔心自己的安危，就跟在後面。」

「然後妳就會把底片拿出來嗎？」杜俊謙問。

「應該是說，如果處理好的話，底片就不用拿出來吧？」她說，「大家都可以平安無事，難道你不希望這樣嗎？」

話一說完，她就轉身往來時路走去。

我看了杜俊謙一眼，他看起來在掙扎是否該跟上去，但很快就踏出步伐。

突然，我覺得楊予純似乎早就預期我們會照著她的話去做。

但她為什麼會有這樣的預期？事發突然，她能夠想到一套滅證計畫就夠詭異的了，接著她的一次次行動，把我們變成了密不可分的「共犯結構」。我和杜俊謙提出的每一個反動，她都能輕鬆攻破，最後只能被她牽著走。

這是短時間就能想好的事嗎？

又或者，她在學校加入我們的探險行動之前，就已經想好了？

「楊予純！」我叫住了她。

她回頭，等著我開口，一副老神在在的模樣。

「妳到底有什麼目的？」

「嗯？」她微微皺起眉頭：「妳在說什麼？」

「我感覺，這一切都是妳安排好的。」

「原來在妳眼中，我心機那麼重啊？」她似笑非笑地看著我：「我是有辦法控制妳的心志，讓妳把王威廷推下去？」

「這太奇怪了……我們平常也不熟，妳沒有道理莫名其妙地一起行動；還有，妳處理這一切也太熟練和冷靜了，好像妳本來就知道今天晚上會死人一樣。」

「可是，王威廷不是我推下去的耶……」她似乎在學我故作柔弱的模樣，越看就越讓人火大。

順著她的話，我回想起王威廷被我推下去的那一刻。當時在我身後除了謝俐君之外，還有她。

我當時不認為是她，但我現在無法肯定了。

「暗算我的不是謝俐君，是妳對吧？」她不解地看著我，「但為什麼？我根本不認識妳啊！」

「真的是這樣嗎？」

她的反問是什麼意思？

暗算我的不是她？或是，我真的不認識她嗎？

※ ※ ※

「真的是這樣嗎？」

隨著那夜的記憶一幕幕浮現，楊予純說過的話，也不停在我耳邊迴盪。在那一夜之前，我與她有過什麼過節，以至於她要設計那晚的一切來報復我，讓我此後的每天每夜都活在煎熬裡？

醒著的時候，我盡可能想辦法麻木，但我無法阻止在睡夢中，王威廷與謝俐君一次次出現……惡鬼般的兩人，總會面目猙獰地問我，為什麼他們如此痛苦地死去，我卻還可以安安穩穩地活著？

他們不知道的是，我的確活著，可是從來沒有再安穩過。

我冷靜地回想，楊予純與這一切的關聯何在——她是高三才轉學來與我同班的，那天出發去樂園之前，我幾乎不曾與她互動過。如果我們之間真的發生過什麼事，那就會是高中以前……但我真的不記得，在國中或是國小的時候，認識過這個人。

她到底是誰？

在凌亂的陳舊雜物堆中，我找到已經泛黃的國中畢業紀念冊，從第一班翻到最後一班，我都找不到任何一個叫楊予純的人。當我翻回我所就讀的班級時，其中一張課堂活動的合照，角落裡有一張模糊的面容，讓我找到了問題的答案。

本以為她只是我記憶裡的資源回收物，這一輩子都不會再有交集，畢竟她那時候也待不到畢業就轉學了。

規矩的齊耳學生頭、圓潤的面頰，與她之後瘦削的「刺客」模樣大不相同，但一樣疏冷的神情、從來不加入人群的獨行俠風格，卻是從那時就沒有變過。

我現在知道是怎麼回事了。

※　※　※

國中以後，我已經知道自己有本事從男人身上，得到各種好處。

我爸媽沒留什麼有用的東西給我，唯有一張清純無辜的面容，和一副發育得恰到好處，得以精準吸引男人目光的軀體。當我察覺這點以後，我學會用眼神和欲拒還迎的肢體動作，把自己包裝成時時散發性吸引力，卻又天真到毫無自知的形象，以得到男同學特別照顧。我幾乎沒有自己買過午餐或跑過腿，甚至也很久沒有當過值日生，凡是我所到之處，往往不用開口，就可以得到我需要的東西。

後來，我發現這點對男老師們一樣有效。幾乎不用花力氣的撒嬌口吻、信手拈來的天真笑容、毫不費力的崇拜目光……只要用上這些東西，作業遲交不愁，平時成績也不用特別努力，有時候，甚至可以得到考試的重點——只要有這張臉，我就可以比其他女孩過得舒服。

唯一的副作用大概就是，許多女孩知道我和男生走得近，也看到我得到許多好處，因而對我投以不屑或是敵視的目光。不久之後，開始有人以「婊子」稱呼我，這倒是無所謂，我從女孩身上也得不到好處。反而她們不敢承認的是，我雖然做了許多她們看不過眼的事，但我輕輕鬆鬆就得到了她們要努力大半天才能得到的東西。

偶然之下，我在路上遇見一個西裝筆挺的男人，他看待我的目光和學校那些男人一樣，只是多了更多想要把我據為己有的渴望。他說他每月會給我超過一般人月薪的費用，條件是我必須做他的乾女兒。知道那是怎麼一回事以後，我開始更輕鬆地活著，想要的東西、想去的地方，幾乎都可以辦到。我所要付出的也不是多困難的事，和男人上床嘛，要花力氣的也不是我。

像我媽那樣謹守婦道，堅持一個妻子和女人「應該」有的樣子，有什麼好處？如果這是好的，為什麼她如此痛苦？如果這世界上都是我爸那種男人，能從他們身上得到好處才是重要的，我要矜持做什麼？

很快的，我有了好幾個乾爹，也從他們身上，找到自己的生存方式。

只不過，某次和其中一個乾爹在旅館見面時，被班上的女同學撞見了。

她是個轉學生，在班上人緣不太好，也不太會主動找人說話，團體活動時配合度也不高。我感覺她不很在意班上所有人，總是獨來獨往的。

我不知道她為什麼會出現在旅館大廳，當我們四目相交後，她似乎花了一點時間才認出我，但很快就別開目光，無事一般地繼續和櫃檯人員說她要來拿寄放的物品。

我不想在這種情況下被同學撞見，主要不是因為我做了什麼見不得人的事，只因為那時候我還沒成年。這些事一旦傳開，我就得去面對父母師長的追問和指責，那是非常麻煩的。

我討厭麻煩的事。

為了不讓她有機會把我的事說出去，當時我飛快閃過一個念頭——我偷偷拿出手機，假裝是在看訊息，實際上是拿相機把站在乾爹旁邊的她一起拍下，看起來就像是他們要來開房間一樣。後來我想，她跟我出現在相同的地方，說不定是「同行」，那就更好了。

回家之後，我在同學之間很熱門的網路社團裡把那張照片公開，並且盡可能地不辜負國文老師對我的寫作教育，繪聲繪影地將她寫成一個超級大蕩婦。

隔天，她來到學校，空氣裡明顯瀰漫著不友善的味道，因為大部分的同學都看過那篇文章了。平時對她看都不看一眼的同學們，紛紛對她投向嫌惡、好奇、好事的目光。

在她來之前，跟我一起討論那篇文章內容的男生推了推我，「你去問她啦！」

我皺起眉頭，裝出一副擔心的模樣：「啊？我不敢啦！你去啦！」

「妳是女生，妳去問比較安全！放學後我請妳吃大餐！」

吃不吃大餐不是重點，我更想知道我有沒有嫁禍成功？於是我朝她的座位走去，輕輕拍了拍她。

她回過頭，看起來對同學們的眼光沒有太在意似的。

「怎樣？」

我故意為難地開口：「妳看過『斯衛密室』上的文章嗎？」

「那是什麼？」

「是學校的地下討論版，大家會在那裡討論學校發生過的事，昨天有一篇文章……」

「那關我什麼事？」

「我覺得妳最好看一下上面的內容。」我把手機遞給她：「已經變成熱門討論，很多人都看過了。」

她看到那張照片以後，先是微微一愣。隨後，看到底下的文字說明時，逐漸皺起眉頭。

我等著她逼問我為什麼要故意說這些，明明那天和照片裡的男人在一起的是我不是她……這樣，我才有下一步動作可以繼續，並且完美脫身。

「妳是不是真的在做這些事啊？妳爸媽知道嗎？」我以不可置信的目光看著她：「這樣真的好嗎？」

聽了我的話，周圍討論聲又越發激烈起來。

「妳有什麼目的？」她扔開我的手機，抬頭問我。

「嗯？妳說什麼？」我一臉不解地說：「我只是把網路上的文章拿給妳看而已啊！」

突然，我的衣領被她揪住：「那天在飯店，明明就是妳和那個大叔……」

「我不知道妳在說什麼！你放開我好嗎？拜託！妳嚇到我了。」轉換表情這件事，對我來說一向是拿手絕活，她玩不過我的。我一臉驚恐地看著她：「文章不是我寫的，妳不要這樣對我……」

我說著就哭了起來，像是被虐待的小媳婦。

那哭聲加深了在場的人對她的厭惡，接下來，她被前來「英雄救美」的男生們給拉開，並且被狠狠地揍了一頓。直到班導過來阻止時，她整張臉都沾滿了血，痛苦地倒在地上。

那天以後，她成了所有人集體霸凌的對象，有人看見她就打，有人會扔幾張鈔票給她，問她這樣睡一晚夠不夠……而我安全度過了可能被揭穿的危機。只要大家的焦點都在她身上，就不會注意到我做過什麼了。

隔沒多久，她應該是日子過不下去了，我也沒有在學校裡見過她了。

我早忘了她當時的名字，現在卻如烙印一般清晰。

楊淨。

第九回　楊予純——謝謝妳還活著

人有許多感受，有些得迫切處理，比如飢餓；有些則可以擺在很後面，比如罪惡不罪惡的這種事，也許，可以放在死後。

我這種人，死後是一定會下地獄的，但任何活著的人，都沒有資格對我進行審判。

老式的公寓大樓的樓梯間，總有種難以散去的壓迫感與陳腐氣息。為了節省公共開支而缺乏管理，不僅隨處都可見肆意亂扔的垃圾，腳下也有沙塵顆粒的摩擦感。除此之外，通道間僅有昏黃的燈光，在夜裡寸步難行，每踏上臺階一步，下一秒就有失足的風險。

不過，這種夜路我走多了，越黑暗反而看得越清楚，至於會不會像那句俗話說的，總會遇到鬼？不，我得說，光天化日底下的鬼，可比黑暗中來得更多。

而且越是相貌堂堂的，越有可能是最高級的鬼。

我沒費什麼力氣，就走上六樓。確認門牌號碼上的「14」以後，我拿出預先準備好的工具，鑽入鎖孔之中。沒一會工夫，大門便應聲而開。

推開內門時，腦海裡閃過一個很久沒出現的聲音，來自於記憶中某個聒譟的少年：「你是什麼神偷刺客嗎？」

喔，那是多久之前？

還是無聊高中生的我，在一群無聊透頂的高中生面前，炫了我那還不成熟的開鎖技巧後，得到這個稱號。

如今呢？

神偷刺客是中二漫畫裡英雄式的反派人物，只能騙騙無聊的中學生，而我是個「鎖匠」，是屬於現實世界裡的角色。

我推開門扉，走入室內。

真是超級亂的房間耶。

四處都堆滿雜物、衣服，幾乎沒有行走的通道，就連我要在沙發上找個可以坐下的地方，也對上面堆滿的包包、雜誌，甚至是吃過的食物包裝苦惱了很久。

我把一旁也不知道到底穿過沒有的衣服撥到地下，勉強挪出一個空間坐下。

唉，茶几上也沒有好到哪去，各種帳單、菸盒，塞滿煙頭的菸灰缸和四散的煙灰，以及一大堆沒拆的、拆到一半的包裹和信件。

其中一團被揉過的、錯雜在這堆物件中的照片，吸引了我的注意。

我展開皺成一團的相片，影中的三人笑得燦爛——我、陳妙珊和杜俊謙，在南部車站的合影。

看起來就像三個很好的死黨，連我差點都要相信了。

只不過，那時候陳妙珊被打得滿臉是傷，只能讓她戴上口罩，還好她的眼神裝得不錯，看起來很投入的樣子。

那是我當時的計畫，從樂園離開之後，我騎車一路南下，他們兩個也緊跟在後。我們一路在知名景點留下合影，成為得以脫身不在場證明。

隨後，王威廷的父母報警兒子失蹤、警察在樂園被燒毀的城堡內找到謝俐君被燒得焦黑的遺體，而那兩個女大生和王威廷始終下落不明，因此一度被懷疑是殺了謝俐君之後逃逸。但是，城堡內殘存的跡證都被燒得差不多了，調查起來也困難重重。過程中，警方曾經找過往日與他們交好的陳妙珊與杜俊謙問過話，也問不出什麼結果。

因為，那天晚上，陳妙珊、杜俊謙和我，私下約定好偷偷跑到南部玩了幾天，和失蹤的人「毫無關聯」。

於是，就這麼過了七年，無風無雨。

看著合照內的杜俊謙，我想起陳妙珊前不久在電話裡問我的問題。

杜俊謙的死和我有沒有關係？

那純粹是個意外。

※ ※ ※

我現在的生存技能幾乎都是養母以前教我的，但我沒有辦法像她和我媽那樣，在吵雜的人群中討生活。我習慣一個人行動，所以選了一份「鎖匠」的工作。工作內容不太困難，主要是接受委託之後，前往目標所在地，偷走委託人需要的合約、機密文件，或任何指定的物件。我幾乎沒有失手過，「口碑」還算不錯，生活也過得去。

某日我為了委託人的目標，來到某個社區附近觀察環境。

那是個很普通的社區，並非人人搶占的豪宅區或明星學區，也不是避之唯恐不及，還要投以嫌棄目光的貧民區。住在這的大多是中產階級，唯一的特色就是沒有特色。

房屋大多缺乏設計感，簡單來講就是蓋來給人住的，經過的人都不會多看一眼。不過大多的城市建築大多是這樣，有土斯有財，房屋是拿來給人增加資產，並非拿來賞心悅目用的。

我在社區裡的便利商店買了罐水，坐在休息區喝了幾口。隔著玻璃窗，我看見對面房仲公司明亮的玻璃板上，掛著一副「年度業績金牌獎」的海報。海報上的人，穿著深藍色西裝外套的房仲制服，用一臉看似專業卻有點演過頭的表情，豎起大拇指。

海報下方寫著那個人的名字。

杜俊謙。

哦？看來這個傢伙，混得還算可以？如果他還有過往那種顛倒是非的本事，的確，這份工作還滿適合他的。

這幾年來我一直有私下調查陳妙珊的動向，因為她才是我的目標，我還真的沒有再查過杜俊謙的下落。

出於一丁點的好奇，我走出便利商店，在房仲公司外看了幾眼。沒過多久，店門發出清脆的鈴噹聲，一個穿著深藍西裝外套的人興匆匆地走了出來，以一副業務式的笑容站在我旁邊。

「小姐，對哪個物件有興趣？」他滔滔不絕地說著：「雖然快要關店了，但我們都是顧客至上，您喜歡哪間房，我馬上跟您介紹……」

我轉過頭。

說話的男人就是海報上的那個人。

「杜俊謙。」

「哦？妳認識我？」他露出了興奮的笑容，指了指一旁的海報：「是看了這張海報？還是別人介紹妳來的？對啦，我在這一區滿有名的，很多跟我買了房子的客人，現在還會找我去幫忙，或幫我介紹客人。」

「我在你當上房仲之前，就認識你了。」我淡淡地笑著：「不過，也許你並不想知道我是誰。」

「怎麼會？妳是我以前打工的同事嗎？」他仍然高昂地笑著：「抱歉啊，大家長大之後都變超多，我常常認不出來……為了賠罪，我會幫妳爭取最實惠的買價的！」

「王威廷，你記得嗎？」

杜俊謙的笑容僵在臉上，逐漸淡化。他直直盯著我，目光隨著思緒變得越發沉重。我不是什麼道德魔人，並不介意破壞他平靜的生活，我想的只是有沒有破壞的必要？

看著他變得陰鬱的面容，對我來說毫無意義，那就表示沒必要這麼做了。

我對他揮了揮手，轉身離開。

「等等，楊予純。」

認出我以後，七年前帶給他的陰影，一瞬間從他眉宇之間竄出。

而他選擇打破沉默的方式是——要我陪他回海天樂園。

七年前那場大火後，政府以某一個我已經忘記的安全政策為由，勒令將園內所有廢棄設置拆除，而後，樂園就成了一片平坦的空地。多年來，也沒有再做為他用。

我也沒再踏入這個地方。

重回「故地」時，杜俊謙跟我說，那天是王威廷的生日。據他所說，每年此時，他都會帶上王威廷最喜歡的炸雞和可樂，回到這裡紀念他。

也許是紀念，也可能是為了心中難以消除的罪惡感；總之那天晚上，杜俊謙的確在樂園旁的海灘，擺上足夠一支球隊吃飽的垃圾食物，他自己則在一旁悶悶地喝著啤酒。

「如果他還在，不知道會不會繼續打球？」杜俊謙苦笑。

「這個假設是不成立的，因為他已經不在了。」

杜俊謙看了我一眼，似乎因為我沒有安慰他而感到失望，「妳知道我為什麼要約妳一起過來嗎？」

「我沒有很想猜。」我說，「你可以直接說。」

「呵，妳真是一點也沒變。」他微微皺起眉頭：「冷酷得像個刺客。」

我不置可否，默默望著遠方黑暗不見底的海岸。

「這幾年我活得很拚。」他說：「我從來沒想過我會那麼認真賺錢。」

「那不是很好嗎？」我敷衍地應著。

「我連大學都沒念完，就開始拚命工作，最後確定房仲業是我可以好好發揮的地方。」他灌了一口酒，繼續說：「常常搞到回家以後只剩下爬上床睡覺的力氣。」

接下來，杜俊謙把他這幾年來的經歷大概都交代了一遍，從一開始因為沒一技之長，只能在便利商店或工地打工，看盡人情冷暖後，認清自己的手腳沒有嘴巴來得俐落，就開始轉作業務……直到他終於成為公司裡的業績王。

杜俊謙還沒喝醉，話已經跟以前一樣多，要是醉了，應該會更吵吧？我也沒什麼變，還是不喜歡一直說話。

「這幾年來我總有個念頭，是沒辦法跟別人說的，這也是我約妳來這的原因之一。」也不知道他到底喝了多少酒，眼神開始有點模糊：「我把自己搞得很忙，是因為不想想起那晚的事，不然，我就覺得我得為這件事付出代價。」

「怎麼樣的代價？」

「難道妳想起王威廷，都不會良心不安嗎？」

「不會。」

「妳真是……」他無奈地搖搖頭：「也是，如果妳會的話，當初也不會眼都不眨一下，就把所有證據都滅了。」

「無論你做什麼，王威廷也活不過來，就算背著一輩子的罪惡感活著也沒什麼意義。」

不過，這些話，我是不會對陳妙珊說的。

「我真的很討厭我自己，我常想著要去自首，但到最後關頭，還是沒這個膽子……」他突然想起了什麼，又問我：「妳當時從我這拿走的底片，妳還收著？」

「當然收著。」我說：「就是怕你們哪天可能會想不開，把事情說出去，我總要個保命符吧？」

「妳真的很自私欸！」他看著我：「不過，我也很羨慕妳。如果我像妳這樣，就不會那麼害怕了。」

「那你幹麼還要約我來這？」我輕哼一聲：「我又不是神父，也不是心理師，我不會安慰你的。」

「早就知道妳不會了。」他擺擺手：「我只是想找個人說出來而已。」

喔，所以我成為了「國王有對驢耳朵」的樹洞。

接下來，杜俊謙還說了很多，包括他一直把心思放在工作上，但完全不敢成家，每次有了交往對象，只要對方一逼婚，他就會用最快的速度消失在對方的世界，因為他沒有本事負責；也包括如果當年死的是他，也許會好一點，因為王威廷的人生應該會比他優秀三百萬倍……之類云云。

最後，當他丟下第N個啤酒罐時，他踉蹌地朝我奔來，緊緊握住我的手，用含糊不清的口吻要我把他丟進海裡，就像我當年處理王威廷的屍體那般，俐落地解決他……因為他一直活得很痛苦，他不希望王威廷那張染血又扭曲的面容總是冷不防地出現在夢裡。

滿煩的。

喝醉的人一向都這麼煩，什麼新仇舊恨、七情六慾，都會在酒精的催化下無限擴大，自誤誤人。

「妳就把我推下去吧！讓我去陪王威！」他搖搖晃晃地站在岸邊，將雙手張開，胡亂地呼喊著。

「很抱歉，我的職業不是殺手。」我淡淡地應著，也不知道他還夠不夠清醒：「你現在只有兩個選擇，第一是找別人來殺你，第二是自己跳下去。」

「喂，那妳這些年都在幹麼？」

「活著，當然是活著啊。」我的嘴角一撇，不知為何覺得有點諷刺：「難不成我還能成佛成仙嗎？」

「就是這個態度啊！妳一直都是這樣！」他指著我：「誰死都無所謂，只要妳活著就好，天生的冷血殺手命格，還有誰比妳更適合殺我？」

「我要回去了。」

我也夠意思了，明明一開始就不是朋友，現在還大方出借一晚上讓他講出憋在心裡好幾年的心事，算是仁至義盡了吧。

我沒耐心再聽下去了。

轉身離開時，他不死心地拉住我，大吼著：「妳不推我，我就拉妳一起跳下去！」

「你少無聊！」

「跟我一起跳下去吧！反正我們都殺了人，本來就會有報應的，不如結束這一切，向王威廷謝罪！」隨著他的大吼，難聞的酒氣也撲面而來。

我將他推開。

他的腳步本來就不穩，這一推讓他摔在地上那一堆空酒瓶上，傳來匡啷匡啷的刺耳聲。

「你真是一點長進都沒有。」我冷冷地看著他：「中二一個。」

當我回過頭，他卻沒了蹤影。

他滾到海裡去了。

我看著他在海面上載浮載沉了好一陣子，隨後消失在水底。

這樣對他是好的吧？他終於完成心願，去和王威廷當面致歉了。

當海面又恢復原本的寧靜之後，我上了車，回到我該去的地方。

我不介意杜俊謙是生是死，不過對他而言，死了也許會好受一點。就像王威廷和謝俐君，在十八歲那年就死了，完全不必體會日後杜俊謙和陳妙珊經歷的人生。

死才是解脫，所以杜俊謙可以死，但陳妙珊不行。

※　※　※

此時，門外傳來腳步聲，接著是鑰匙插入門鎖的轉動聲，門應聲而開。走入屋內的人對於出現在沙發上的我，反射性地出現防備。

「誰？」

說實話，她這副濃妝豔抹的模樣，還真讓我認不出來。也不太意外就是了，反正她註定會變成這樣的女人。

「好久不見啊，陳妙珊。」

「妳是誰？」她退回門邊，做出隨時可以逃跑的準備：「為什麼闖進我家？」

她拿出手機，似乎想撥打求救電話。

「不認得我啊？真是可惜。」我將手裡那張發皺的合照轉向她，「虧我還把當年的照片寄來提醒妳呢！」

「楊……予純？」

「想起來了嗎？」我笑了笑，又說：「不過妳確定要報警嗎？妳桌上的煙是大麻煙，梳妝臺上有毒品注射器，警察來了可不好解釋。」

她放下手機，說：「妳想怎樣？」

「妳不是打電話問我當年做了什麼嗎？所以我過來跟妳解釋啊！」我將雙手交疊在胸前，又說：「妳那道門有裝跟沒裝一樣，高三那年我就有本事打開了。不過我一直很納悶，憑妳的本事，應該會有很多男人送錢給妳啊，為什麼要住在這種又小又爛的地方？我進來之後才知道，大部分的錢都拿去買毒品了吧？」

「我沒必要跟妳解釋這些吧？」話雖這麼說，但她的臉上仍浮現了怒色：「妳才應該解釋，當年妳到底還有什麼事沒說？新聞上說，那兩個女大學生開車落海，在海溝裡泡了七年，後車箱還有另外一具屍體。那是王威廷吧？」

「妳多看幾天新聞，不就知道了嗎？」

「妳當時只說要跟杜俊謙一起把屍體丟下海，為什麼最後會變成這樣？」她瞪著我，又說：「回學校以後，我問了杜俊謙很多次，他什麼也不肯說。」

看來，杜俊謙為了自保，確實把我的話放心上了。

這證實了，在私利面前，什麼友誼情份都是鬼話。

「我真是好心被雷親。」我說：「我的確把王威廷的屍體放在那兩個大學生的後車箱了，但我是為了幫妳欸！」

「最好是！」

「雖然她們的手機當時被妳毀了，不過，離開樂園以後，她們也有去報警的可能。警方一旦查出車廂後面的屍體，她們不就百口莫辯了嗎？誰還會查到妳身上？」

「所以，妳對車動了手腳，她們才會落海？」

「那可真的不是我做的，我才不像妳，滿口謊話。」我淡淡地說：「妳確定妳就沒有事情瞞著我們嗎？比如，謝俐君到底去哪了，那晚為什麼會死在燒起來的城堡裡？」

「我已經說了多少次？我沒追上她，也不知道她去哪了！」她憤怒地解釋著：「警察不也說了，她很可能是被那兩個女大學生殺死，再放火湮滅證據！」

我雙手一攤，解釋著：「那是因為警察不知道，那天晚上妳可能和謝俐君在一起啊！」

「我已經不小心殺死王威廷了，我幹麼還要殺死謝俐君，給自己找更多麻煩？」

「這個問題應該要問妳啊！」我說：「那兩個女大生不認識謝俐君，沒什麼非要殺死她的理由；但妳嘛，光是她曾經目睹妳殺人這件事，就有足夠的理由將她殺人滅口了。」

「我真的什麼也不知道。」她一副委屈的模樣。

差點就忘了這是她的慣用伎倆。

「啊，抱歉，我把那些合照寄給妳的時候，我忘了寄另外一組照片了。」我一面說，一面從口袋裡拿出手機：「這樣應該可以幫助妳想起來吧。」

我將手機畫面轉向她，而她的臉色在眼神聚焦之後瞬間刷白。我繼續滑動螢幕，顯示的幾張照片，是樂園城堡被燒毀後的樣貌。

「妳收集這些照片幹什麼？」她錯愕且驚慌地看著我。

「我一直覺得納悶，為什麼那天妳說謝俐君跑走的時候，一點也不著急？反而表現出一副心虛的感覺？」

那天晚上，只要提到謝俐君，陳妙珊就會下意識地閃避與人眼神直視，那是說謊的人最典型的反應。

所以我大膽假設，謝俐君不是不敢說出去，而是再也沒有機會說出去。之後，謝俐君的屍體被發現，也證實了我的推論可能沒錯。於是在畢業以後，我又去了一趟海天樂園，闖入那些仍沒被撤下的封鎖線，並在城堡的一樓餐廳內找到殘存的線索。

「就像警方說的，從地面上殘存的血跡來看，在城堡區起火以前，她就已經被殺害了。」

我看著陳妙珊，她沒有回應我，一臉鐵青的神色。

「所以呢，以下是我神偷刺客楊予純的分析。」我笑著繼續說：「在遇上那兩個女大學生之前，妳就已經找到謝俐君了，可能是說服失敗，她並沒有想要幫妳一起毀滅證據，所以妳和她打起來，最後失手殺了她，那天妳滿臉的傷就是最好證明。妳還來不及藏好屍體，那兩個女大學生就來了，妳當然不想讓她們有機會發現屍體，所以拚命阻止她們。我雖然不能確定之後的火是妳還是她們放的，但一定是妳們起衝突時發生的。」

不過，我說真的，如果火是軍綠女放的，也算幫了陳妙珊一個大忙。城堡燒起來後，正好也毀掉了她的殺人證據。

「根本沒有證據能證明是我做的好嗎？」雖然很想裝作不在意的樣子，但陳妙珊的呼吸明顯急促起來：「我從頭到尾都沒有進到城堡裡，只是在門口剛好遇到那兩個大學生，才照妳說的拖住她們。謝俐君那時可能早就在城堡裡被她們弄死了……」

「是這樣喔？還是要我幫妳，請警察大人們來查查？」我說：「杜俊謙那捲底片，我已經轉成電子檔了，除了我的部分，其他都保存得很好。如果提供給警察，讓他們知道那天晚上妳也在樂園，也許案情會有所不同？」

一聽到「底片」，陳妙珊本來就氣色不好的面容，變得更難看了：「我……」

「放心啦，我跟妳開玩笑的。」我調整了坐姿：「我從來都沒有想讓妳受到法律審判。」

我也知道若當時就報警，陳妙珊有很大的機率被定罪，只不過我的目的並不是要她入獄、留下案底，而是別的。

「我知道妳是誰，也知道妳為什麼要這麼做了。」她看著我，神色很複雜，約略是只差一步就會發瘋的程度。

「喔？」

「妳以前叫楊淨，對吧？在斯衛國中，我們同班過。」

「終於想起來了啊？」

人果然會被絕境逼出最大的潛能呢。

「妳是為了當初我把乾爹的事嫁禍給妳，才想要報復我吧？」她吼著：「這事是我得罪了妳，但當時我並沒有弄出人命啊！」

「妳確定嗎？」

我冷冷望向她，想起這些事，還是免不了有情緒。

「妳奪走的，是我生命中唯一重要的人。」

※ ※ ※

國中那年，陳妙珊的匿名文章在網路上傳開以後，我在學校裡就沒過上好日子。

而我那天之所以會出現在旅館，是因為放學後我接到養母的電話，要我先到某飯店去一趟，幫她帶回某個從「客戶」那裡拿到的東西。本來，這也不是什麼特別的事，通常就是贏了一筆現金，或是她又從別人身上

「摸」走了什麼東西，放在身上危險，得先帶回家收好。同樣的事，從小到大我也幫她做過無數次了。

當我準備拿取養母寄放在櫃檯的東西時，不經意看見陳妙珊跟著一個中年大叔在另一邊的櫃檯準備辦理入住登記。她發現我後，瞬間閃過尷尬的神情。

她大概從那時候就開始算計我了吧。

其實，她拍下的照片能證明什麼呢？不過就是我和一個陌生大叔站在一起而已，更何況，無論我到底有沒有「賣身」，都與大多數人沒有太大關聯。但人性就是這樣的，習慣瞧不起比自己低下的人，藉此得到成就感。所以，有豪華玩具組的小孩，會瞧不起沒錢買玩具的小孩；成績好的同學，會瞧不起連小考都考不好的人；家裡社經地位高的，會瞧不起活在社會底層的人……

好人，會瞧不起壞人。

陳妙珊應該也知道在傳統道德觀的眼光下，人們會瞧不起「婊子」，才會設這麼一個局。

在我被流言塑造成人盡可夫的婊子以後，任何以正義之名的行動，看起來都那麼合理，我被揍個幾拳都不該有資格反駁。

人們瘋狂的程度遠遠超過了我的想像，除了在學校裡挨不完的拳頭之外，我也被「肉搜」似地起底。被好事的人跟蹤，住處因而被公開，也讓養母的身分曝了光，被過往的仇家找上。

養母給我的最後一封訊息，我至今都還沒有刪除。雖然繼續保留，只會帶給我難以承受的情緒，但若我不這麼做，似乎就不能證明，曾經有一個非常重要的人，在緊要關頭保護過我。

家裡有狀況，妳晚點回來，小心一點。

她從不關心我的學業，因為她不認為在學校裡能學會謀生技能；她也不曾過問我最近發生了什麼事，因為她認為活著就是要學會自己去解決問題……如她所說，她從來都不像個母親，卻是我唯一能依靠的人。

她和我媽都以騙人為業，招來那種結局，也可說是自作自受。但最讓我感到衝擊與絕望的是，我原本以為她對我的收留，只是基於對我媽的懷念與道義，跟我這個人本身沒有太大關聯。

可是當她面臨生死關頭，卻記掛著要保護我。

如果沒有那一封訊息把我支開，我就會和她一起躺在那灘血裡。

我原本是最不該活下來的，最後剩下的卻只有我一個。

我該說什麼呢？

那時，看著養母倒在血泊之中，我才意識到，有很多話，我都來不及對她說出口。謝謝她在我媽離開以後，毫無顧慮地收留了我，她原本自由自在的，根本不需要多一個包袱；謝謝她給了我十幾年的安穩生活，我本來應該會跟著我媽一起死掉或者被扔在哪個街頭；謝謝她在生命倒數的危機下，仍然把我放在心上。

過去從沒有過的感覺，在那一刻特別鮮明：原來我是真真實實地被人在意過，即便她付出的方式看似粗糙，也不一定符合社會期待。

我卻失去了她，而且再也回不來了。

只剩下眼眶裡不停落下的眼淚，還有因為無助而無法停下的吶喊。在我用盡力氣以後，我發現一切都很多餘，眼淚、吶喊、憤怒、痛苦、難過、絕望，大量的情緒如同魔咒一般地消耗了我，但問題並沒有解決。

直到我開始處理養母的屍體、清理屋內空間、逃出那棟可能還有其他仇家盯著的房子……以及所有善後工作完成以後，我的情緒也慢慢消失了。

生命中唯一重要的人離開以後，我真的達到了過去對自己的期許——幾乎沒有什麼人、事，能讓我有情緒。

只是，未成年的我夜裡沒有其他去處，在便利商店覓食時，意外被警察盯上。我隱瞞了養母的事，卻沒辦法交代我為什麼沒有監護人。最後，他們把我轉交給社工單位，並被強制送進安置機構，同時，我也轉入新的學校繼續就學。不過，陳妙珊發的那篇文章在中學生間引起不小的迴響，即使我轉到新學校，還是有人認得出我，並對我展開排擠或霸凌。

我從那些拳頭底下學會揮出第一拳，慢慢的，從被打的變成打人的。

崇尚書本裡知識的人，比如為學校賣命的老師們，會告訴你言語溝通的重要，所有衝突都應當透過善意與理智來化解。可惜我們生活在一個活生生的世界，並不是書本裡的烏托邦，人們要你痛苦難過，從來不需要什麼理由。如果你不出拳，還想著以理服人，那就是找死。

後來，在我的要求下，社工想辦法幫我改了名字，我也比國中時瘦了許多，才逐漸不被人認出來。不過，學會的拳頭沒有消失，倒變成了另一項生存本能。

此外，我在社工單位安排的住所裡，住得不是很舒服。並不是環境不好，而是我不習慣與人靠得太近，光是得與人同房這件事，我就無法睡得安穩。畢竟，經驗一再告訴我，就算你不去接近人類，也不代表人類就不會靠近你，並對你有所圖。

於是，晚上宵禁點完名後，我總會偷偷溜出去，要不是找點工打，就是去人煙稀少的地方散心。拜我養母的教育之賜，我對於「暗著來」的事，已經有比一般人更足夠的基本訓練，無論是溜出安置中心，或是從過路人身上摸走零錢，我幾乎都沒有碰過壁。至於會去些廢棄的工地、倉庫，主要也是想訓練自己在黑暗中的適應能力。

由於體力多半是在晚上耗掉的，在學校的時間就被我拿來補眠，反正我也無心聽課。老師們也都知道我是住在安置中心的「問題學生」，註定成不了大器，多半也懶得多關心我，他們寧可我上課時只是安靜地趴在桌上睡覺，比惹出一堆待收拾的麻煩簡單多了。

在安置中心住的那兩年，有些惱人的思緒會一直出現：究竟我為什麼要活著？我沒有目標，也失去了唯一在乎的人，我還能為了什麼活下去？

我無法找到這些問題的答案，腦海中浮現的疑問也越來越荒謬：我是不是一開始就不該出現在這個世界上？如果沒有我，我媽和養母是不是就不會死，她們仍然會是闖蕩江湖的好搭檔？所以，是不是我害死了她們？

又或者，我的存在本身就是個錯誤？

那些念頭，就算我拒絕去思考，仍然讓我感到痛苦萬分。

當我午夜在廢棄民宅裡遊蕩，想著要不要就這樣從頂樓跳下去時，我想起了陳妙珊。

如果我的存在是錯誤，也有一部分是因為她對我的所作所為，導致錯誤越滾越大，一發不可收拾。很多時候，改變別人的人生不需要花太多力氣，甚至也不必多想什麼，因為你不必承受可能的後果。要是局面轉換，換成她是被迫改變的人，她那些低級的綠茶婊演技，還能保她安然無恙嗎？

那麼，在我為我的錯誤付出代價以前，她是不是也應該接受審判？

我暫時有了活下去的目標。

沒花多少力氣，我就找到陳妙珊的下落了。

網路這個東西就和水一樣，能載舟亦能覆舟，當初人們怎麼透過它找到養母的下落，如今我也能利用它輕鬆地找到目標。在社群網站上，我大概只花了五分鐘，就找到陳妙珊的個人頁面，並且從她寫下的資訊裡得知，她正就讀於某個位於海濱的私立高中。

我開始有了計畫。

十八歲那年，我離開政府的安置機構，正好，我在原本的學校也因為打架次數太多，累積的大過多到讓我不得不退學，我便用這幾年來的積蓄，轉到陳妙珊所就讀的學校。

所幸陳妙珊也不是什麼會讀書的角色，念的就是那種只要付得起學費就能入學的私立高中，要是她讀的是前三志願，對我來說會麻煩一點。

然後，這幾年來，我的身高抽高了十幾公分，體重卻瘦了十幾公斤，外貌也脫去了國中時期還帶著稚氣的模樣。所以，當我站在講臺上，聽著班導向全班介紹我是新來的轉學生時，坐在臺下的陳妙珊只是懶懶地看了我一眼，沒有認出我。

我天生就不喜歡交朋友，再加上後天的經歷，我習慣離人群越遠越好，就沒有打算混入陳妙珊的交友圈，玩跟她如出一轍的「社交爭鋒」遊戲。畢竟，這點我還是必須承認，我一開始玩不過她，後來也是。不過，我倒是花了點時間去查清她的校園生活。

在班上和陳妙珊走得比較近的，是杜俊謙、王威廷和謝俐君三個人，我連帶對這三個人的底細，也做了大概的了解。因為，我要送給陳妙珊的大禮，還要靠這三個人的幫忙。

杜俊謙與「人如其名」完全無關，是個很容易讓人煩躁的中二少年，長得不帥也不謙虛，我想他爸也算是先知，知道兒子最缺的就是「俊謙」這兩樣東西。在班上最吵的就是他，常常講著沒有重點的笑話，並總為了一些低級的小事發出尖銳的笑聲，招來其他人的白眼，已經被班導師罵過無數次。他似乎對這些惱人的特質毫無自覺，甚至覺得這樣很酷。這種人很容易被看透，愛逞強、想引人注目，最在意的無非就是面子。

再來，身高超過一百八十公分的王威廷，是籃球校隊的隊長。這間學校的整體學業表現是無法說服人的，但籃球的競賽成果卻十分出色，也因此，本來就長得不差的王威廷擁有杜俊謙最渴望的東西——目光。我看過他在球場上的比賽，打破了我對運動員都是「頭腦簡單」的刻板印象，他每一分鐘都在思考，評估敵軍的進攻可能，分析我方可行使的策略；他也熟悉身邊的每一個夥伴，懂得運用最少的時間與力氣進籃得分。

說實話，王威廷死的時候，我有一點點難過，就我的主觀判斷，在這四個人裡面，最不該死的就是他。

接下來，除卻男生之外，陳妙珊身邊還跟著另一個女生。

所有自以為是的女人旁邊，都會安插一個跟班，謝俐君就是這種角色。跟班最大的作用就是當綠葉，藉以襯托紅花的美好。不過也不用把跟班想得太可憐，這種奇怪的共生關係幾乎都是一個願打一個願挨，跟班通常也有所圖，才會心甘情願地待在陪襯的位置，而我也很快找到謝俐君的目的——王威廷。

至於陳妙珊，從以前就是一個靠男人生存的人，到了高中也是一樣。在校內，靠王威廷和杜俊謙來應對高中生活裡逃不掉的、需要靠力氣的雜事，比如搬便當、輪值日生之類的。此外，她又和某些學科的男老師走得特別近，以解決成績上的問題。在校外，我想她也跟過去一樣，有某些「乾爹」支撐生活開支。我想她很得意，她認為自己有本事讓男人達成目的，但看在男人的眼裡是不是這麼一回事？

誰知道呢。

班上的女生對陳妙珊，大概是一種又討厭卻又帶著恐懼的感覺，她們知道陳妙珊在男人圈子裡吃得很開，認為這傢伙就是個徹頭徹尾的臭婊子，但是，同樣也怕若不小心得罪她，那些護著她的男人會來找她們算帳。所以，大部分的人多半對她採取敬而遠之的態度。

不過，就我的觀察，陳妙珊並不在意流言對她的渲染，甚至，她也善於操弄流言。曾經為了不明的原因，她和班上某個女孩起了衝突，對方的理智斷線，對她破口大罵，她選擇的並不是和對方硬碰硬，反而放軟姿態拚命道歉，懇求對方別激動，講著講著甚至哭了起來。最後，班上大部分的人，特別是男同學，都覺得是那個女生得理不饒人，不該對已經處在「劣勢」的陳妙珊「趕盡殺絕」。

一開始是誰點燃衝突的，沒有人在意，更沒有人追究，但陳妙珊巧妙地運用眼淚和弱勢，讓輿論偏向於她。這種伎倆，在更早以前，我就見識她在我身上游刃有餘地演練過了。

所以，在我準備送給陳妙珊的「大禮」之中，一定得營造一個讓她無法用專長處理的處境，才會達到永生難忘的效果。

於是，我想起海天樂園。

基於人類自我防衛的本能，在黑暗中會因能見度降低，影響行動力及判斷力，身體也會啟動保護機制，開始感到焦慮、不安。所以，為了鍛鍊在黑暗之中的適應能力，我幾乎每天天黑之後都會入園，把廢棄設施當作健身器材，並將滿地瘡痍的走道做為練跑的訓練場，直到我行走在黑暗中的狀態與白天如出一轍時，我早已經摸透這樂園的每一寸土地。

有了想法以後，我在網路上找了幾篇海天樂園的探險心得，以匿名的方式寄給杜俊謙。我曾好幾次聽過他和王威廷炫耀自己在恐怖冒險遊戲裡又突破了哪些困難的關卡，我想他肯定也會對這種值得探險的景點感到興趣吧。

只要杜俊謙動了勇闖海天樂園的念頭，他就會去說服另外三個朋友加入，那也就包含我的目標了。

趁著他們在春假前的晚自習商討行程的時候，我悄悄地加入他們的話題，並說明我對那裡的環境熟悉，可以帶路一起去。我這要求的成功率很高，畢竟他們要去的是一個不能大肆宣揚的地方，如果拒絕了我，就要擔心我會去告狀。這點陳妙珊應該也一清二楚，所以在所有人都反對的時候，她率先同意讓我加入。

我計畫的大禮，也在此拉開序幕。

我原本的規劃並沒有太過複雜，雖然我真的想過殺了陳妙珊，但這念頭很快就被我自己推翻了——沒有讓她一閉眼就解脫的道理，活著才是真正的煉獄。

至於後來怎麼死了人，說真的我也不知道是我自己太過大意，還是陳妙珊天生就是煞星的命？

當時，我刻意把那軌道說得好像是很簡單又很值得爬的地方，心想只要杜俊謙心動了，他就會慫恿其他人跟著一起做，就像他邀請他們一起到樂園裡浪費時間一樣。雖然中間經過一點波折，不過最後大家還是一起上了軌道。

我讓自己待在隊伍的最後頭，道理很簡單，這樣就沒人看得見我做了什麼。原本我計畫拿小石頭丟向謝俐君，讓她因突如其來的驚慌反射性地往前推，那麼，陳妙珊就有一定的機率摔下鐵軌。

以那鐵軌的高度，半身不遂的機率會遠遠高過於摔死。

那麼，陳妙珊就能一輩子體會生不如死的感覺。而且，我不認為她還有哪個乾爹會喜歡一個殘廢的女人。

但謝俐君的平衡感極差，一路上都是左搖右晃的，讓我一直沒法瞄準。好不容易看準了一個大家都停下腳步的機會，我抓緊時間把石頭往前扔，誰知謝俐君又因腳步不穩側了身，那塊石頭便硬生生地飛向陳妙珊的小腿。

隨後，陳妙珊一驚嚇，就使出「天生神力」把王威廷推下軌道。偏偏，王威廷摔下去時是頭部先著地，還不偏不倚地落向突起的石頭，等我們爬下軌道再看見他時，他人就已經沒氣了。

我也在那時有了更好的想法，與其殺了陳妙珊，或把她搞到殘廢，不如給她一個永生難忘的紀念吧。

那夜的故事就從這裡正式開始了。

※　※　※

「妳怎麼能把責任都怪在我身上？」陳妙珊瞪著我，還在設法為自己找藉口：「就算我當時沒有對妳做什麼，妳養母也有可能被尋仇吧？」

「不要說得一副跟妳無關的樣子。」

「那王威廷他們呢？那兩個大學女生呢？也跟妳無關吧？」

「我的目標是妳，我不在乎其他人。」

人有許多感受，有些得迫切處理，比如飢餓；有些則可以擺在很後面，比如罪惡不罪惡的這種事，也許，可以放在死後。

我這種人，死後是一定會下地獄的，但任何活著的人，都沒有資格對我進行審判。

更何況，在很久很久以前，世界上就沒有值得我在乎的人了。

隨後，陳妙珊大爆發的情緒在眉宇之間凝聚成強烈的痛苦，無助地跌坐在地上。

「楊予純，夠了吧？」她將雙手深入髮線之中，緊緊地揪住：「妳根本不知道我這些年來過的是怎樣的日子。」

「不，我光在妳屋裡看了幾分鐘，大概就明白了。」

在十八歲那年錯殺了兩個人，是揮之不去的陰影，只能用那些見不得人的藥品麻醉一切；還好，妳還有從男人身上弄到錢的本事，足夠支撐妳醉生夢死地活著。

如果痛苦得難以承受，大可以放下一切，去黃泉路上和妳的朋友們謝罪，但是妳不敢，不敢面對死亡，也無法面對太過於清晰的回憶，只好讓自己隨時處在飄忽的狀態。

像個廢人。

「我已經不安了這麼多年，妳還打算繼續折磨我嗎？」

「那是妳的事。我有報警嗎？」

「妳就不怕……我也對妳做什麼嗎？」

「要做的話，妳早就做了。可惜啊，在妳那些乾爹眼中，妳不過是用錢買來的玩具，他們不會為妳拚命的。」

陳妙珊掙扎地站起身，拿起桌上的水果刀朝我衝了過來。可惜，她那副被毒品毀損的身子，根本不是我的對手。我輕鬆轉身，避開她的攻擊，並趁勢奪下她手裡的刀子。

她跌回牆角，眼看自己無計可施，放聲哭吼起來。

「別這樣嘛！」我蹲坐在她身邊，輕輕拍了拍她：「其實我很感謝妳的，陳妙珊。」

她抬起頭，不明所以又恐懼地看著我。

「謝謝妳還活著，我才有機會活到今天。」

此時，清晨的陽光從窗外透了進來，倒映在她那副無光的面容上。

這就是我送給妳的紀念品：我不殺妳，也不傷妳，但我要妳一輩子都用這個表情活下去。

為了見證這件事，我也有必要為她保住我這條命。雖然這麼說有點煽情就是了，但我們可說是重要的生命共同體。

我給了她一個笑容，天知道我有多久沒有這樣笑了：

「所以，請妳今後務必也要好好活著。」

全書完

番外篇

紅髮女人的委託

一萬多公尺的高空上，除了藍天和雲層，什麼也看不見。滿座的客艙與密閉的空間，帶來沉重的壓迫感，讓我一刻也無法放鬆，像被綁縛在電椅上，進退兩難。

我有點後悔，為什麼要接下這項委託？

事情的源頭在哪？

那天，離開陳妙珊的住處後，我收到一張前往名古屋的機票，一併附上的，還有一筆可觀的訂金，以及一段簡短說明——**只要我在約定時間抵達目的地，就會知道下一步要做的事**。

雖然我和陳妙珊說過，她痛苦地活著就是我的生存目標，但事情到如今已經暫時告一段落，我總不能每天都去她家嘲笑她吧？至少要等到她下一次試圖掙扎求生的時候再出現。

不可否認的是，看到陳妙珊現在的樣子，我就知道十八歲那年做的決定是對的。但是我也清楚，從她身上得到的優越感，不過是瞬間的事，我永遠無法回到國中那場意外發生前，我最終還是要回過頭面對自己的人生。

既然如此，為什麼還堅持要做呢？

大概就像短效的止痛藥，無法解決根源問題，但可以暫時讓人忘卻一路走來的痛苦與價值匱乏感。

不過，我畢竟不是陳妙珊，不會對任何藥物成癮。因此在思考短期生活該如何進行時，新的委託就出現了。

原本我想，這輩子到現在都還沒出過國，去看看不一樣的世界也沒什麼不可以；況且，就算委託再危險，除了這條命以外，我也沒什麼可失去的了。

雖然我做了在機艙內不會舒服的心理準備，實際狀況還是比想像中要糟糕。我看了看時間，所幸不是長途航班，應該再過不久就要降落了。

我的視線不經意地瞥向旁邊靠窗座位的女人。她染著一頭誇張又顯眼的橘紅色頭髮，眼影的顏色是同一個色系，還混了點粉紅色。偏偏穿著一身黑，上身又很瘦，整個人看起來就像是一根點燃的黑色蠟燭。三十出頭的樣貌，手機桌面是美少女戰士，她面前的電視螢幕，顯示她正在收聽的節目是「九〇年代粵語流行金曲」。

一上機，她就不停和滿桌資料奮戰。有時會低頭沉思，神色就像遇上獵物，必須殺之而後快地那般陰狠；有時會突然露出得逞的笑容，好像她真的神不知鬼不覺地殺了人。接著，她會拿起筆，在手邊的筆記本上塗塗寫寫。

我將視線移向她桌上的東西，上頭堆滿許多廢棄建築的資訊和照片，也包括海天樂園。此時，她正在筆記本上振筆疾書，上頭寫著：

廢棄樂園、青少年五女二男。
雲霄飛車↓落軌死亡
城堡建築↓玻璃刺穿、失血過多
海濱公路↓飛車落海

等等。

為什麼看起來很眼熟？和我七年前的記憶如出一轍。

寫完這些以後，女人在本子上預留了一段空白，又在下方繼續寫著：

刺客知道養母是世界上唯一對她好的人，雖然她不善於表達，也因為出身而悲觀，但一直很依賴這個人。

可是，婊子的所作所為卻讓她失去一切。

她潛意識地認為，親生母親與養母都是她害死的，又不想面對心中的自責，所以把責任指向婊子。

十八歲的她從經驗中領悟到的是：

活著是最折磨的事，因為活著才感受得到痛。

所以她決定不殺婊子，而是要對方一輩子都活在痛苦裡。

為了見證這件事，雖然她活著沒有其他的目標和追求，但也要好好活下去。

媽的！

這是什麼東西？為什麼我彷彿看到自己的傳記？

她是故意寫給我看的嗎？她是誰？為什麼要調查我？

不對。她寫的那些東西，我從來沒有跟人提過，她又怎麼會知道？

除非……是陳妙珊？她想反擊？

我警戒地看著女人。

她似乎沒有察覺到，注意力全在眼前的筆記上，彷彿世界上就只有那一件重要的事該做。

「各位旅客您好，班機準備降落，請豎直椅背收起桌子，並繫好安全帶，在指示燈熄滅之前，不要擅自離開座位……」

空姐開始循著走道確認旅客是否有依照指示坐好，原本一直期待降落的我，由於眼前的一幕太過衝擊，視線完全無法從紅髮女人身上移開。

她似乎連廣播也沒聽到，仍然飛快地在紙上書寫著。沒一會兒，空姐朝我們走了過來。

「小姐，請把桌子收起來……」

空姐喚了她好幾聲，她都沒有回過神。直到空姐彎下腰，在她面前揮了揮手，她這才感覺到有人靠近，發出一聲驚呼：「喔——幹！」

音量之大，不但嚇到空姐，也嚇到附近的其他旅客。

空姐臉上閃過一絲不耐，但還是以制式化的服務口吻，重述了一次：「飛機要降落了，請收起桌子。」

「好的，不好意思！」

她一面道歉、一面慌亂地收拾起桌上雜物，最後收起桌子，才狠狠地喘了一口氣，一副驚嚇後餘悸猶存的樣子，就像一個差點被逮捕的現行犯。

她下意識地撇過頭，而我還盯著她手裡的東西，因此四目相交。

她用帶有歉意的口吻對我說：「抱歉，我一開始寫東西就會與世隔絕，突然喊我的話，我一定會被嚇到……」

我說不出話來。

讓我震驚的不是她方才誇張的反應，仍是那疊她抱在懷裡的東西。

「怎麼了？妳看起來臉色不太好？」說完，她順著我的目光手裡，露出恍然大悟的神情：「喔，嚇到妳的是這些東西呀。」

「妳……為什麼會寫那些？」

「我是一個收集故事的人，喜歡冒險故事，特別是會死人的那種。我看了各種廢墟照片和探險文章之後，就好想要一個發生在廢棄樂園的故事。

黑暗的環境、破碎的設施、各懷鬼胎的冒險者，不覺得很有趣嗎？」她一臉興味盎然的樣子。「對了，我跟妳一樣，覺得人比鬼更可怕……但我還是兩個都怕！我不敢自己去，所以找了一群青少年幫我去。」

「一群青少年？」

「妳不覺得熟悉嗎？」

是在說我和陳妙珊她們嗎？

我當初做的事情，怎麼會和這個女人有關？我根本沒見過她。

「妳是誰？」

「喔，不好意思，我忘了說明。」她對我露出淡淡的笑容：「我是妳的新委託人，妳的機票是我買的。其實呢，這也不是妳第一次接受我的委託了，只是先前沒有告訴妳罷了。」

她每次的回話，都沒有解決我的任何問題，反而帶來更多的問號。

「妳是故意的吧？說這些話是為了讓我混亂？」我瞪著她：「是陳妙珊把我的事告訴妳的嗎？」

「陳妙珊已經不重要了，妳不是也說，她的絕望只是止痛劑，妳應該還有其他的事要做？」

我倒抽了一口氣。

這太邪門了。

為什麼她連我剛剛想什麼都知道？

「妳到底想怎樣？」

「我要妳去名古屋市的一處公寓，拿回一樣東西。」

「什麼東西？」

「和妳父親有關的東西。」

「他已經死了。」

「妳確定嗎？」女人神祕地笑著。

「不然呢？」

「如果我說，當初被仇家追殺時他沒有死，而是趁亂逃走了呢？他逃到名古屋，隱姓埋名、拋下過去重新生活，變成一個普通人，也有了新的家庭。」女人一面觀察我的神情，一面說：「嗯，他忘了妳。」

「妳到底……」我討厭情緒，但女人讓我的不安越發不可遏止：「妳為什麼會知道這些？」

「如果妳見到他，會想說什麼，或做什麼嗎？」她盯著我，似乎在期待我的反應：「雖然妳覺得情緒很礙事，但它們還是一直牽動著妳，妳難道沒有發現嗎？」

最讓我感到不安且焦慮的是，她對我十分熟悉，就算我不動聲色，她還是能精準掌握我正在想什麼，像是擁有讀心術。

我討厭這種被人看透的感覺。

「所有的意外都是連鎖反應。陳妙珊搞了一個意外，破壞妳曾經看似安穩的人生，但若再往前追溯，如果那個男人一開始沒有意外遇上妳母親，就不會意外有了妳，也不會在危急時懦弱怕事，而讓妳痛苦的一切也不會發生？」女人看著我，目光中盡是好奇：「妳選擇讓意外最末端的陳妙珊承接妳的憤怒，卻不想搞清楚妳父親是怎麼一回事嗎？」

咚砰！

機輪碰撞地面的聲音。

本來就在世界底層的我，似乎又摔到更深的底層去了。

各位旅客您好，我們已經降落在名古屋中部國際機場，再次感謝您搭乘……

「所以，我的委託就是，請幫我帶回更好的故事吧。」女人一面說，一面從懷裡那堆文件摸出一張名片給我：「那棟公寓的地址我寫在背面了，但若妳不想立刻前往也沒有關係，世界那麼大，去我沒想到的地方走走吧，不在預料之內的故事是最有趣的。」

黑底的名片上沒有任何聯絡資訊，只簡單寫著：

寧悅湊 Atina Ko

國家圖書館出版品預行編目資料

謝謝妳還活著 / 寧悅淩作 . -- 一版 . -- 臺北市：城邦文化事業股份有限公司尖端出版：英屬蓋曼群島商家庭傳媒股份有限公司城邦分公司發行，2023.10
面；　公分

ISBN 978-626-377-052-2（平裝）

863.57　　112013689

逆思流

謝謝妳還活著

著　　者／寧悅淩
榮譽發行人／黃鎮隆
執 行 長／陳君平
協　　理／洪琇菁
總 編 輯／呂尚燁
繪　　者／Nuda
美術總監／沙雲佩
美術編輯／陳聖義
執行編輯／丁玉霈
文字校對／施亞蒨
國際版權／黃令歡、高子甯
內文排版／謝青秀

出　　版／城邦文化事業股份有限公司 尖端出版
台北市中山區民生東路二段一四一號十樓
電話：（〇二）二五〇〇—七六〇〇
傳真：（〇二）二五〇〇—二六八三
E-mail：7novels@mail2.spp.com.tw
發　　行／英屬蓋曼群島商家庭傳媒股份有限公司城邦分公司 尖端出版
台北市中山區民生東路二段一四一號十樓
電話：（〇二）二五〇〇—七六〇〇（代表號）
傳真：（〇二）二五〇〇—一九七九
中彰投以北經銷／楨彥有限公司（含宜花東）
電話：（〇二）八九一九—三三六九
傳真：（〇二）八九一四—五五二四
雲嘉經銷／威信圖書有限公司 嘉義公司
電話：（〇五）二三三—三八五二
傳真：（〇五）二三三—三八六三
南部經銷／威信圖書有限公司 高雄公司
電話：（〇七）三七三—〇〇七九
傳真：（〇七）三七三—〇〇八七
香港經銷／城邦（香港）出版集團有限公司
香港灣仔駱克道一九三號東超商業中心1樓
電話：（八五二）二五〇八—六二三一
傳真：（八五二）二五七八—九三三七
E-mail：hkcite@biznetvigator.com
新馬經銷／城邦（馬新）出版集團 Cite（M）Sdn. Bhd.
E-mail：cite@cite.com.my
法律顧問／王子文律師　元禾法律事務所
台北市羅斯福路三段三十七號十五樓
二〇二三年十月一版一刷

郵購注意事項：
1.填妥劃撥單資料：帳號：50003021戶名：英屬蓋曼群島商家庭傳媒(股)公司城邦分公司。2.通信欄內註明訂購書名與冊數。3.劃撥金額低於500元，請加附掛號郵資50元。如劃撥日起 10～14日，仍未收到書時，請洽劃撥組。劃撥專線TEL：(03)312-4212 ・ FAX：(03)322-4621。E-mail：marketing@spp.com.tw